文库

胡云翼 著

宋诗研究

四川文艺出版社

图书在版编目（CIP）数据

宋诗研究 / 胡云翼著 . -- 成都：四川文艺出版社，
2024.1
（大家学术文库）
ISBN 978-7-5411-6803-1

Ⅰ.①宋… Ⅱ.①胡… Ⅲ.①宋诗—诗歌研究 Ⅳ.
①I222.744

中国国家版本馆 CIP 数据核字（2023）第 225104 号

宋诗研究
SONGSHI YANJIU
胡云翼　著

出 品 人　谭清洁
责任编辑　谢雨环　朱丽巧
内文设计　格林文化
责任校对　段　敏

出版发行　四川文艺出版社（成都市锦江区三色路 238 号）
网　　址　www.scwys.com
电　　话　028-86361802（发行部）　028-86361781（编辑部）

排　　版　北京格林文化传播有限公司
印　　刷　三河市三佳印刷装订有限公司
成品尺寸　150mm×230mm　　开　本　16 开
印　　张　12.25　　　　　　字　数　160 千字
版　　次　2024 年 1 月第一版　印　次　2024 年 1 月第一次印刷
书　　号　ISBN 978-7-5411-6803-1
定　　价　48.00 元

"大家学术文库"编者按

中国学术，昉自伏羲画卦，至周公制礼作乐而规模始备。其后，王官失守，孔子删述六经，创为私学，是为诸子百家之始。《庄子》曰："道术将为天下裂。"孔子殁后，儒分为八；墨子殁后，墨分为三。诸子周游天下，游说诸侯，皆以起衰救弊、发明学术为务，各国亦以奖励学术、招徕人才为务，遂有田齐稷下学官之设。商鞅变法，诗书燔而法令明；始皇一统，儒士坑而黔首愚。当此之时，学在官府，以吏为师，先王之学，不绝如缕。至汉高以匹夫起自草泽，诛暴秦，解倒悬，中国学术始获一线生机。其后，汉惠废挟书之律，民间藏书重见天日。孝武之世，董子献"罢黜百家，表彰六经"之策，定六经于一尊。其后，虽有今古之分、儒释之争、汉宋之异、道学心学之别、义理考据之殊，而六经独尊之势，未曾移也。

及鸦片战起，国门洞开，欧风美雨，遍于中夏，诚"三千年未有之变局"。当此之时，国人震于列强之船坚炮利，思有以自强；又羡于西人之政教修明，思有以自效。于是有"变法守旧之争""革命改良之争""排满保皇之争"，而我国固有之学术传统，亦因之而起变化。清季罢科举而六经独尊之势蹙，蔡子民废读经而六经独尊之势衰。当此之时，立论有疑古、信古、释古之别，学派有"古史辨"与"学衡"之争，学说有"文学革命""思想革命""文字革命""伦理革命"诸说，师法有"师俄""师日""师西"之分，众说纷纭，莫衷一是，百家争鸣，复见于近代。

民国诸家，为阐明道术、解救时弊，著书立说、授课讲学，其学术思想，历久弥新，至今熠熠生辉，予人启迪。然近人著作，汗牛充栋，多如恒河之沙，使人难免望书兴叹，不知从何下手，穷其一生，亦难以卒读。因此之故，我们特精选最具代表性之近人著作，依次出版，俾读者略窥学术门墙，得进学之阶。此次选辑出版，虽未能穷尽近人学术之精品，难免有遗珠之憾；然能示人以门径，使人借此以知近人学术规模之宏大、体系之完密，亦不失我们编辑出版"大家学术文库"之初衷。

此次出版，为适应今人阅读习惯，提升丛书品质，我们特对所选书籍做了必要之编辑加工，仍以保持各书原貌为宗旨。

然限于编者之有限学力，书中疏漏之处，在所难免，尚祈广大方家、读者诸君不吝批评斧正。

编　者
2024 年 1 月

目 录

上 篇

下　篇

上

篇

第一章

唐诗与宋诗

叶燮《原诗》里面有一段记载：

> 自不读唐以后书之论出，于是称诗者，必曰唐诗。苟称
> 其人之诗为宋诗，无异于唾骂。

由这一段话我们可以知道，宋诗到了明代完全失却号召诗坛的权威了，而且被一般诗人贱视糟蹋了。其实尊唐抑宋之说，还不始于明代的诗人，宋人已然。如《沧浪诗话》的作者严羽便极力攻击宋诗的气象不及唐诗。他说："唐人与本朝诗，未论工拙，直是气象不同。"刘克庄则指斥宋诗为文之有韵者，他说："唐文人皆能诗，柳尤高，韩尚非本色。迨本朝则文人多，诗人少。三百年间，虽人各有集，集各有诗；诗各自为体。或尚理致，或负才力，或逞辨博，要皆文之有韵者尔，非古人之诗也。"（《对床夜话》）

宋人自己还这样糟蹋自己的诗，因此后来的文人更肆意地加宋诗以抨击了：

何景明《与李梦阳书》："近诗以盛唐为尚，宋人似苍老而疏卤。"

杨慎《升庵诗话》："宋诗信不及唐。""唐诗人主情，去《三百篇》近；宋诗人主理，去《三百篇》远。"

薛雪《一瓢诗话》："宋诗似文，与唐人较远；元诗似词，与唐人较近。"

吴乔《答万季野诗问》："唐人作诗，自述己意，不必求人知之，亦不在人人说好。宋人皆欲人人知我意，明人必欲人人说好，故不相入。"

自从明代李梦阳、何景明那些复古派的健将，提倡"诗必盛唐"以后，把宋诗的意义一笔勾销，把宋诗的地位丢到垃圾桶里面去了。那些反对何李一派的人，看了这种武断的骄横的议论，自然忍无可忍，自然要起来主持公道，痛驳那一般高视阔步的复古派的主张：

都穆《南濠诗话》："昔人谓诗盛于唐，坏于宋。近亦有谓元诗过宋诗者。陋哉见也。刘后村云：'宋诗岂惟不愧于唐，盖过之矣。'予观欧、梅、苏、黄、二陈，至石湖、放翁诸公，其诗视唐未可便谓之过，然真无愧色者也。元诗称大家，必曰虞、杨、范、揭。以四子而视宋，特太山之卷石耳。方正学诗云：'前宋文章配两周，盛时诗律亦无传。今人未识昆仑派，却笑黄河是浊流。'又云：'天历诸公制作新，力排旧习祖唐人。粗豪未脱风沙气，难诋熙丰作后尘。'非具正法眼者，乌能道此。"

叶燮《原诗》："从来论诗者，大约伸唐而绌宋，有谓唐人以诗为诗，主性情，于《三百篇》为近；宋人以文为诗，主议论，于《三百篇》为远。何言之谬也。唐人诗有议论者，杜甫是也。杜五言古，议论尤多。长篇如《赴奉先县咏怀》《北征》及《八哀》等作，何首无议论？而独以议论归宋人，何欤？彼先不知何者是议论，何者为非议论，而妄分时代耶？且《三百篇》中，二《雅》为议论者，正自不少。

彼先不知《三百篇》，安能知后人之诗也。如言宋人以文为诗，则李白乐府长短句何尝非文？杜甫前后《出塞》及《潼关吏》等篇，其中岂无似文之句？为此言者，不但未见宋诗，并未见唐诗。村学究道听耳食，窃一言以诧新奇，此等之论是也。"

宋荦《漫堂说诗》："明自嘉隆以后，称诗家皆讳言宋，至举以相訾謷。故宋人诗集，庋阁不行。近二十年来，乃专尚宋诗。至吾友吴孟举《宋诗钞》出，几于家有其书矣。孟举序云：'黜宋者曰腐，此未见宋诗也。今之尊唐者，目未及唐诗之全，守嘉隆间固陋之本，陈陈相因。千喙一倡，乃所谓腐也。'又曰：'嘉隆之谓唐，唐之臭腐也。宋人化之，斯神奇矣。'"

吴雷发《说诗菅蒯》："论诗者，往往以时之前后为优劣。甚而曰：'宋诗断不可学。'彼盖拾人唾余……一代之中，未必人人同调，岂唐诗中无宋，宋诗中无唐乎？使宋诗果不可学，则元明尤属粪壤矣。元明以后，又何必更作诗哉。"

曹学佺序宋诗："取材新而命意广，不剿袭前人一字。"

吴之振《宋诗钞序》："宋人之诗，变化于唐，而出其所自得，皮毛尽落，精神犹存。"

这两派的人：站在诅咒方面的，说宋诗不但比不上唐诗，而且不及元诗；站在拥护方面的，说宋诗不但比元诗明诗好，而且比唐诗好。两个战垒自明代打笔墨官司，一直打到清末，中间经过了几百年，经过多少次的争论，还是不曾有丝毫结果，分不出一个唐诗宋诗的优劣来。可是，宋诗却因此格外的引起许多人的注意和研究了，"宋诗"两个字也变成文学史上的特殊口语了。

据我们看来，无论赞成宋诗的也好，反对宋诗的也好，他们评论宋诗，他们比较唐宋优劣，在批评方法上总不免有几个很大的错误：

（一）批评的支离破碎　我们要批评唐宋诗，必先作唐宋诗的比较研究。第一，唐诗有什么特色？第二，宋诗有什么特色？第三，这两个时代诗的特色有什么不同？第四，何以不同？经过了这几种最低限度的比较研究以后，我们才有把握握住几个正确的观念，来批评唐宋诗的歧点与价值。那些明清的批评者似乎都不曾注意到这些大处着眼的地方。他们只知道拿黄山谷来比较杜甫，拿欧阳修来比较韩愈；他们只注意作品的呆板的分析，说宋人某一首诗不及唐人，但某一句诗却比唐人工；某一首诗得着李杜的神韵，某一个诗眼却用得不得唐人诗法；某句诗改得点铁成金，某一句又是点金成铁。诸如此类的话，都是枝节的说明，破碎的解释，完全从小处着眼，没有说到唐宋诗的全体上去，一点也不曾搔着唐宋诗的痒处，怎样说得上批评唐宋诗呢？

（二）批评的笼统武断　明清人的文学批评，最爱用几个极笼统而简单的抽象字眼，强横地加到所批评的对象上面去，也不管这几个字是不是可以概括所批评的全体。例如杨慎的"唐诗主情，宋诗主理"之说，居然用一个情字便概括了繁复万端的唐诗的全部，又轻轻地用一个理字把四百年的宋诗又包括掉了，真是惊人的武断议论。叶燮例举许多作家与作品来痛驳杨慎的瞎说，自是不错；但叶氏也只消极地纠正了杨慎的错误，并没有对于唐宋诗提出第二种批评来代替杨氏之说。又如什么"宋诗信不及唐""宋诗岂惟不愧于唐，盖过之矣"的话，都是仅仅一句笼统话语，并无理由发挥，自然不能令人心服。说宋诗"腐"的，固然没有说出腐的所以然；说宋诗"神奇"的，也没有说出神奇的何所在。大家都是含含糊糊、笼笼统统地专门下断语，使对方的人都莫名其言之妙，便只有惹起无谓的纠纷争论，而不会有结果了。

咳！这样一味地为派别所囿，为意气所激的主观论调，又是这样支离、破碎、笼统、武断，没有从根本上将唐宋诗加以比较的研究，揭出几个要点来批评，只是作散漫无主的野战；那恐怕延长一万年去争论，也还是一团不能作结论的纠纷，而无法判断唐诗宋诗的优劣呢。

其实我们如果明了文学史上各个时代文学变迁的必然趋势，便要晃然这种拿两个异代的文学，来作强横的优劣比较，实在是多余的事，那犹之乎批评李杜的优劣是多余的事。我们尽有方法从多方面去作唐宋诗的比较研究，我们很容易看出唐宋诗的分野线。只要我们拿大多数的作品去归纳比较，唐宋诗的鸿沟，便立显在我们的面前。诚然我们不敢说唐优宋劣的话，但是在唐诗里面许多伟大的独具的特色，在宋诗里面却消失掉了，消失掉了！

第一，宋诗消失唐代那种悲壮的边塞派的作风了。

边塞派的诗实在是唐诗独具的特色，又慷慨，又激昂，读了能够使我们的胸襟顿时壮阔起来。如骆宾王的《从军行》："弓弦抱汉月，马足践胡尘。不求生入塞，唯当死报君。"李白的《行路难》："金樽清酒斗十千，玉盘珍羞直万钱。停杯投箸不能食，拔剑四顾心茫然。"高适的《燕歌行》："汉家烟尘在东北，汉将辞家破残贼。男儿本自重横行，天子非常赐颜色。"王昌龄的《从军行》："秦时明月汉时关，万里长征人未还。但使龙城飞将在，不教胡马度阴山。"卢纶的《塞下曲》："月黑雁飞高，单于夜遁逃。欲将轻骑逐，大雪满弓刀。"这种悲壮的作风，是唐代民族势力向外发展的时候，才能够形成的。到了宋代，国势衰了、弱了，诗坛也和它的时代一样的没有英雄气，自然要失却唐代激昂悲壮的作风。到了南宋，把一个国家都迁到扬子江之南来，连望边塞也望不见，更谈不上写出塞曲了。间有一两首作品，如范仲淹的

《渔家傲》，辛弃疾的《破阵子》——那都是词而不是诗——也只是写些穷愁之感，比不上唐人雄伟的壮歌了。

第二，宋诗消失唐代那种感伤的社会派的作风了。

唐代杜甫、白居易一辈的诗人，往往爱用一种俚俗的字句，叙事诗的体裁，客观的态度，朴实的描写，来表现当代社会民间小百姓们的痛苦，特别是战祸的种种痛苦。如《石壕吏》《新丰折臂翁》《新婚别》……一类的作品，题材与描写都是很新颖的，时代的情调是很浓厚的，并且在事实上这种社会派的诗往往便是悲剧诗，所以格外能够深刻地感动人。这也是当代的环境使之然。到了宋代，变成了太平升歌的天下，诗人的作品自然变成了太平文学，而这种悲剧的叙事诗的作风便完全失却了（关于这一点，在下一章里面，将有更详细的申说）。

第三，宋诗消失唐代那种哀艳的闺怨宫怨诗的作风了。

闺怨诗与宫怨诗的创制，原不始于唐人，但以唐人的作品独多，描写独工。而因为战祸的牵延不断，越发绊起闺怨诗的发达。一方面是征夫杀伐之声，反面便是闺中哀怨之源。边塞诗与闺怨诗原来是成正比例而发展的。那些边塞派的大作家如王昌龄、李白，同时也就是描写闺怨宫怨的圣手。如李白的《长门怨》："桂殿长愁不记春，黄金四壁起秋尘，夜悬明镜青天上，独照长门宫里人。"王昌龄的《闺怨》："闺中少妇不知愁，春日凝妆上翠楼。忽见陌头杨柳色，悔教夫婿觅封侯。"雍陶的《陇西行》："誓扫匈奴不顾身，五千貂锦丧胡尘。可怜无定河边骨，犹是闺中梦里人。"这种哀艳的怨词，在宋诗里面也就很缺乏。本来老实忠厚的宋代诗人，根本不像唐人那般爱写女性和爱情，王安石便很明白指斥李白诗只知作妇人与酒的描写。至于穷愁哀怨的作品，宋人更不会作。所以唐人最叫座的宫怨闺怨诗到宋代便自然衰落下去了。

第四，宋诗消失唐代那种缠绵活泼的情诗的作风了。

唐诗虽然不能说完全是主情，情诗却特别发达。短篇的情诗如李益的"嫁得瞿塘贾，朝朝误妾期。早知潮有信，嫁与弄潮儿"；杜秋娘的"劝君莫惜金镂衣，劝君惜取少年时。花开堪折直须折，莫待无花空折枝"。长篇的抒情诗，如刘希夷的《代悲白头吟》"年年岁岁花相似，岁岁年年人不同"；张若虚的《春江花月夜》"江畔何人初见月，江月何年初照人？"……这样的例子是不胜举的，也用不着多举，谁读了唐诗不知道唐人的情诗，短篇的都是倩丽曼艳，长篇的都是悱恻缠绵？至于宋人，呸！他们的不懂得写喜剧的艳情诗犹之乎他们不喜欢作悲剧的宫怨闺怨诗一样。黄庭坚的作品稍涉情爱，许多人都很严酷地加以罪名，曰"淫"，论佛法还当堕拔舌地狱。这样一来，谁还敢努力于情诗的抒写呢？

上面所说的几段话，自然不能说是绝对的比较，但就大体观察是不错的。我们可以大胆地重说一句：唐诗里面几种最优秀的作风，宋诗是完全消失掉了。我们读过唐诗，只觉得唐人处处是用奔迸回荡的热情在舞跳着——除了一部分的田园山水诗是主冷静的表情——在唐诗里面，有令人鼓舞的悲壮，有令人凄怆的哀艳，有令人低徊的缠绵，有令人痛哭的感伤，把我们读者的观感完全掉在一个情化的世界里面去。宋人诗似乎最缺乏这种狂热的情调，常常给我们看着一个冷静的模样，俨然少年老成，没有一点青春时期应有的活泼浪漫气，全不像唐人的要说什么就说什么的天真烂漫。这是唐宋诗显著的分歧点，也就是宋诗的缺点。

如其我们进一步追问：宋诗人何以不会承受唐诗里面那些优秀的作风去求发展呢？论者或究宋人的天才不及唐人，或以为宋人的情感不及唐人丰富，这都是可笑的理论。最大的原因，原来是诗的时代已经过去了。我们应该知道任何一种文体的发展，是不能不受时代的制裁的。顾亭林在他的《日知录》上有一段话说得好：

> 《三百篇》之不能不降而《楚辞》;《楚辞》之不能不降而汉魏；汉魏之不能不降而六朝；六朝之不能不降而唐也，势也。

这里所谓势，便是时代制裁的意义。唐诗之不能不变而为宋诗，无非时代的关系使然。我们知道诗歌在中国文学史上已经有千年的进展了。四言诗体最狭，在周末发展已够；五七言古诗经过汉、魏、两晋、六朝的长期活动，也已够了；五七言近体诗则经过唐代三百年的发挥光大，也已够受。宋人偏要在这种发展力已尽的诗体里面讨生活，自然很容易堕入前人的窠臼，难能有新的贡献。

话虽如此，宋诗也决不是离开了唐诗便失却了意义的。在满身困难当中，凭宋诗人努力挣扎，居然造成了一部有声有色的在文学史上占特殊地位的宋诗坛，其成绩自不可侮。往下，我们便进一步研究宋诗的背景及其特色。

第二章

宋诗的背景及其特色

在理论上，宋代已经不是诗的时代了；但是，却不能说没有宋诗。无论批评的好坏，我们都应该坦白地承认，宋诗自有它成立的原因，宋诗自有它的特色。什么是宋诗成立的原因呢？什么是宋诗的特色呢？如果要解答这两个问题，便不能不进一步研究宋诗的背景。

这真是使我们异常失望的，宋诗的背景，原来完全不适于诗。无论政治的环境、学术的环境与文坛的风气，都是给诗歌以很重的压迫，不让它自如地生长，得着充分的发展。

我们不妨把这个话说明白一点。

第一，政治的环境恶劣　本来就政治而论政治，宋代总要算是三百二十年的太平天下。尤其是北宋。那时贤人辈出，把一个天下弄得平平安安，舒舒服服。虽然北宋之末，金兵入寇，居然把天下的共主，都虏去了两个。但是，大家都舒服惯了，谁还想动一动，把帝都迁到南边来就是了。这有什么稀奇？又有什么羞耻？东晋就是一个好例。其中虽有辛弃疾陆游几个人叹了几口气，但是谁听那种酸声？所以南渡后就没事了，依然"惠风和畅，水波不兴"的景气，一直升歌太平到南宋之亡。一般文人学士，都被时代把他们安置在暖温温的、软洋洋的鹅绒毡上，舒服得连气也不想出，哪里还想动，更哪里有"不得其平则鸣"的歌声呢？陆游有一首诗表现当时的太平景象：

> 纷纷红紫已成尘，布谷声中夏令新。夹路桑麻行不尽，始知身是太平人。(《初夏》)

范成大也有两句这样的诗：

> 太平不用千寻锁，静听西城打夜涛。

南渡时代，尚有如此景象，则北宋和南宋偏安以后的治安更可想见了。这种太平天下，在政治史上实在是值得大书特书的。

话虽如此，我们用文学的眼光来看便不同了。太平政治是最不适宜于好文艺的产生的。而政治的淆乱反适合于文艺的滋长。我们看：周末的混乱产生了《诗经》，汉末的混乱产生了许多新乐府和建安文学，南北朝的混乱产生了许多民间歌谣和士大夫的文学，唐开元以后的混乱产生了唐诗。好的时代文学，总是由于时代的缺陷产生的。太平政治，只能产生太平文学。

请问：太平文学有什么味儿？

在宋代这种太平政治卵翼之下，一个个文人都养得很娇惯的，富贵气很重的，俨然太平文人。别的且不讲，单就诗人说，没有一个大诗人不是富贵寿考的。这也是一代诗人之幸，不可不记录一下：

欧阳修六十六岁，官至观文殿学士，晋太子少师；

王安石六十六岁，官至中书门下平章事，二次入相；

苏轼六十六岁，官至翰林学士兼侍读；

黄庭坚六十一岁，官至秘书丞兼国史编修官；

陆游八十五岁，官至宝章阁待制；

范成大六十九岁，官至参知政事、资政殿学士；

杨万里八十余岁，官至宝谟殿学士。

此外如杨亿、刘筠、钱惟演、王禹偁、寇准、范仲淹、陈与义辈都是位尊寿高的诗人，只有苏舜钦活了四十多岁，梅尧臣、秦观活了五十多岁，要算是命短的。我们回头来看唐诗人：王勃二十多岁便死于非命；卢照邻苦病而自投于江；骆宾王兵败失踪；王维被虏于贼；李白飘泊终身；杜甫流浪一世，末了还是饿死他乡；李贺轻轻的年华至呕心血而死；张籍中年丧明；韩愈也是宦途潦倒，流窜万里；只有元稹做了高一点的官，白居易多活了几岁。欧阳修说："诗穷而后工。"这句恰好是替唐诗人说的。宋代诗人因为都是过象牙之塔的生活，所以写不出极雄壮、极哀艳或是极悱恻的伟大作品来。因此我们说宋代的太平政治，是宋诗的恶劣环境。

　　第二，学术的环境恶劣　一提到宋代的学术，我们总会很敏捷地想到"理学"的上面来。理学派在两宋实在是一个特殊的势力，如其说宋代有学术可言，那便只有理学了。这派学者的为人，极力遵守"非礼勿视，非礼勿听，非礼勿言，非礼勿动"主义。他们的口里"正心诚意"，他们的手里"四书五经"，他们的态度"战战兢兢"，他们的行动"惟恭必敬"，他们的理想"齐家治国"，他们的实际"酸、腐、呆、愚"。这种人物在北宋有邵雍、周敦颐、程颐、程颢、张载、杨时一派脉络相传；到了南宋由罗从彦、李侗传下去，传到朱熹，便起来了一个陆九渊和他对抗，于是分成两派发展了。弥漫了宋代的学术思潮，便是这种理学的空气。

　　我们试想：用他们这种迂腐的头脑来作诗，应该是如何可笑呢?

> 至诚通圣药通神,远寄衰翁济病身。我亦有丹君信否,
> 用时还解寿斯民。(程颢《谢王伀期寄药》)
>
> 圣心难用浅心求,圣学须专礼法修。千五百年无孔子,
> 尽因通变老优游。(张载《圣心》)

这种理学派的诗,在当代居然造成一种风气了。《四库全书提要》说:"自班固作《咏史》诗,始兆论宗。东方朔作《诫子》诗,始涉理路。沿及北宋,鄙唐之不知道,于是以论理为本,修词为末,而诗格于是乎大变。"不仅理学的学者做这样的诗,一般诗人也熏染了这种坏风气。如王安石的诗:

> 云从无心来,还向无心去。无心无处寻,莫觅无心处。
> (《即事》)
>
> 我读万卷书,识尽天下理。智者渠自知,愚者谁信尔。
> 奇哉闲道人,跳出三句里。独悟自根本,不从他处起。(《拟
> 寒山拾得》)

又如陆游的诗:

> 读书万卷不谋食,脱粟在傍书在前。要识从来会心处,
> 曲肱饮水亦欣然。(《冬夜读书示子聿》)
>
> 《易经》独不遭秦火,字字皆如见圣人。汝始弱龄吾已
> 耄,要当致力各终身。(同上《示子聿》)

这怎样能说是诗呢?作诗不应该如道德论,钟嵘早已说过了。

我们如其要从宋诗里面去选哲理诗,至少可以汇一部很厚的《哲理诗集》。因为这已成为当代的风气,大家都要学学时髦,仿佛不如此不足以表示其为多方面的诗人。这种很坏

很坏的风气的形成，完全是受着当代学术思潮——理学——的影响。

第三，文坛的风气恶劣　宋代文坛的风气，对于诗和词，完全是两副不同的面孔。真是很稀奇的，他们说词是小道，说词是末技，那是与风雅无关的，可以让作者毫无顾忌地自由去抒写，因为作词实在是种小玩意。同时他们又说词为艳科，因为孔子并不曾定下一种词教，而当时的老百姓们又都用词来抒男女之情，拿来歌唱。这是当代的一种时髦风气，大家学着做做又何妨。所以一般文人学士作词也跟着写男女之情——如果用这种卑卑不足道的词体，来写天下之大道，不是侮辱了孔圣人吗？——因此，宋代的抒情小词异常发达。说到诗，宋人的见地便全然不同了，他们都换一副极庄严可畏的面孔来对着诗，因为诗歌既有"思无邪"的《诗经》做规范，又有"温柔敦厚"的诗教做宗旨，与人伦大道，风化名教，都有关系，一点也不能涉于轻薄。大家都正经地来作诗，想于世有补，不仅思有邪的爱情不敢写，连浪漫一点也不行。我们看欧阳修的词如："算伊浑似薄情郎，去便不来来便去。""等闲妨了绣工夫，笑问鸳鸯两字怎生书？"苏轼的词如："彩索身轻长趁燕，红窗睡重不闻莺，困人天气近清明。"黄庭坚的词如："对景还销瘦，被个人把人调戏。我也心儿有。忆我又唤我，见我嗔我，天甚教人怎生受？"这是何等的有情趣，一到他们的诗里面，便失却了这种活泼的情调，他们虽也偶有抒情诗，但很少，而且情趣不浓厚。原来，宋诗也和宋文一样掉入"文以载道"的魔境去了。我们看：欧阳修在他的《诗本义》里面怎样发挥诗教；苏轼那样崇拜杜甫的忠君文学；王安石指斥李白的诗不离妇人与酒；黄庭坚说明作诗必先识经。当日文坛的风气如是，在积极方面，既然造成了理学诗的发达；在消极方面，诗体又为文坛风气所限制，致抒情诗得不着充分的开展，这自是宋诗很大的不幸！

宋诗的背景——政治、学术、文坛——是这样的黑暗，实在是宋诗的三大厄运。宋诗不能有更扩大的发展，这也是三个大原因。因为当代诗坛受了时代的限制，一般诗人都不能向前面去求进步，于是一个个都回过头来掉在唐诗的网里面了。

宋诗不能完全摆脱唐诗的藩篱，这是我们也替宋诗惋惜的。可是，宋诗人在创造方面，虽没有唐诗人的伟大，但在诗的研究方面，却比唐诗人深刻得多了，进步得多了。他们对于唐代诗人，每一个都有很适当的批评；他们对于唐诗，每一篇都作详细的分析；他们能够看出每一个唐诗人的特长；他们能够发现每篇唐诗的好处。尤其对于那几个名贵的诗人，如李白、杜甫、白居易、李贺、王维、韩愈、李义山，无论用字，炼句，对仗，用韵，他们一点点都不肯放松，而加以细密的研究。有了许多唐代的好作家和好作品，供宋人模范与参考，宋人的描写方法自然要特殊进步了。其进步的痕迹可以明显地看出来的。第一，宋诗格外地整炼有规矩，没有唐人不工稳的毛病了；第二，宋诗的描写越发细致，没有唐人粗率的毛病了；第三，宋诗的描写特别冲淡，没有唐人一味豪迈意气的毛病了。最好的举例，譬如王安石少年的诗，专尚意气，粗率而无涵养，及尽取唐诗读之，晚年的诗始益严整，而有温婉不迫之趣。由唐诗的描写变为宋诗的描写，我们读过王安石的诗，便很容易看出这种进化的痕迹出来。

这不能不说是宋诗的一种特色，关于描写的技巧一方面。

此外，我们还发现宋诗造了一个新诗境。那就是指宋诗里面，有一种充满了画意的诗异常发达。题画诗本不始倡于宋，沈德潜云："唐以前未见题画诗，开此体者，老杜也。"但唐人题画诗也并不很多，题画诗最多的还要让宋代。我们估计那些题画的诗，至少有一倍理学诗那么多的数量。这大约也是宋代画师很多的缘故，如米芾、文同都是以诗人而兼画家。诗如：

> 老年尚喜管城子，更爱好山江上青。武林秋高晓欲雨，正若此画云溟溟。（米友仁《自题大姚村图》）
> 洞庭木落万波秋，说与南人亦自愁。欲指吴松何处是，一行征雁海山头。（张耒《题周文翰郭熙山水》，但晁补之《鸡肋集》亦载此诗）
> 鸿雁归时水拍天，平冈老木尚寒烟。付君余地安渔艇，乞我寒江听雨眠。（蔡肇《题画授李伯时》）

题画诗因为受了画图的限制，和或者为应酬而勉强题诗的缘故，所以好的作品很稀罕。但因图画和题画诗发达的影响所及，一般的宋诗似乎也熏染着画的情调，在诗里面表现出来。这种充满了画意，即所谓"诗中有画"的诗，以宋人的描写为最精工。例如张公庠的《道中》：

> 一年春事已成空，拥鼻微吟半醉中。夹路桃花新雨过，马蹄无处避残红。

郑獬的《绝句》：

> 田家汩汩水流浑，一树高花明远村。云意不知残照好，却将微雨送黄昏。

武衍的《湖边》：

　　日日湖边上小车，要寻红紫醉年华。东风合与春料理，忍把轻寒瘦杏花。

赵师秀的《数日》：

　　数日秋风欺病夫，尽吹黄叶下庭芜。林疏放得遥山出，又被云遮一半无。

李显卿的《溪行》：

　　枯木扶疏夹道旁，野梅倒影浸寒塘。朝阳不到溪湾处，留得横桥一板霜。

法具的《东山》：

　　窗中远看眉黛绿，尽是当年歌吹愁。鸟语夕阳人不见，蔷薇花暗小江流。

太学蕴道斋生的《绝句》：

　　朝来池上有新句，火急报教同舍知。昨夜雨余春水满，白鸥飞下立多时。

显忠的《闲居》：

　　竹里编茅倚石根，竹茎疏处见前村。闲眠尽日无人到，自有清风为扫门。

　　这都是随意写来的诗例，而且尽是无名作者的作品。然而却没有一首不精美的。拟之唐人七绝，也决无愧色。我们并且看得出来，每一首诗的好处，都是充盈着优美的画意。宋人的好诗往往都是诗中有画的诗，这也不能不说是宋诗的一种特色罢。

第三章

宋诗的发达及其派别

《御定四朝诗录》宋诗人凡八百八十二家,《宋诗纪事》搜罗宋诗人至三千八百余家,《宋诗纪事补遗》又补录三千余家（内中一部分为《宋诗纪事》所有）,名家诗人还不在此数。这比较《全唐诗》著录的二千多诗人,在数量上,已经超过很大了。纵使我们说宋诗的发展终没有唐诗之盛,但像这样诗人之多已经是可惊的发达了。在我们的理想中,宋代既已不是诗的时期,同时词体又很迅速地发达起来了,诗坛的景象应该变成很寂寞的。现在不但不寂寞,而且产生这许多的诗人,替诗坛呐喊;至于作品则更丰富了,如陆游、杨万里的诗都在万篇以上,王安石、苏轼们诗的篇幅都是数十卷以上——这种情形,我们看了不免要惊讶吧。也许要进一步追问:宋诗何以能够这般发达呢?

宋诗的发达,分析起来,有两个重大的原因:

（一）君主的提倡所致 宋主大都爱好诗歌,而且能作。如宋太祖的《咏月》诗:"未离海底千山黑,才到天中万国明。"气象宏阔,徐铉竟为之拜倒。至于太宗,尤好诗文。《贡父诗话》说:"太宗好文,进士及第赐文喜宴,常作诗赠之。景祐朝因以为故事。"一般文人武人以能诗而受太宗特别知遇的很多。例如：

（1）欧阳靖《掇遗》："苏易简在翰林。太宗一日召对。赐酒甚欢畅，曰'君臣千载遇'。苏应声曰：'忠孝一生心。'太宗大悦，以所御金器，尽席赐之。"

（2）《青箱杂记》："曹武毅公翰江南归环卫，数年不调。一日内宴，侍臣皆赋诗。翰以武人，独不预。乃陈曰：'臣少亦学诗，乞应诏。'太宗曰：'卿武人以刀字为韵。'因以寄意曰：'三十年前学六韬，英名常得预时髦。曾因国难披金甲，不为家贫卖宝刀。臂健尚嫌弓力软，眼明犹识阵云高。庭前昨夜秋风起，羞见蟠花旧锦袍。'太宗为迁数官。"

此外如李义府因一篇《咏飞鸟诗》，受太宗特殊的激赏（《小说旧闻》）；吕正惠和了两句"愚臣钩直难堪用，宜用濠梁结网人"的诗，便拜了平章事，这些地方都可以看出太宗的极力奖励诗歌。

真宗的奖励诗人也和太宗一样。他读了王禹偁的《千叶石榴花》诗，叹为真才；他对于杨亿、钱惟演一般诗人，礼遇甚隆，时常赐给他们的诗。仁宗诗癖尤甚。《贡父诗话》云："仁宗在位四十二年，赐诗尤多。"其诗如"寒儒逢景运，报德合如何"，一时称为杰作。此外徽宗、孝宗、度宗、恭宗都很能诗。徽宗诗如："清晨檐际肃霜鲜，晓日初销万瓦烟。隆德重阳开小宴，竞将萤菊作花钿。"（《宫词》）孝宗诗如："一枝残雪照山城，春意原非复后生。羞把红颜媚儿女，梅兄知我岁寒情。"（《题刁光胤画册》）度宗诗如："鸥鹭归烟渚，秋江挟晚晴。老渔闲舣艇，坐待月华生。"（《晚望》）恭宗诗如："寄语林和靖，梅花几度开？黄金台下客，应是不归来。"（《在燕京作》）……这些能诗的帝王们没有不是极力提倡诗歌奖励诗人的。

我们知道历代文学发达，与君主的提倡都是有很深的关系。如汉赋、唐诗，都是受了政治的特别提携，才得格外发展。宋代虽不是诗的时期，然那些帝王都有诗癖，竭力奖励提倡于上，一般文人为了升官发财起见，自然风靡于下。我们只要看杨徽之的献诗："十年牢落今何幸，叨遇君王问姓名。"又看梁周翰诗："谁似金华杨学士，十联诗在御屏间。"由此便可以想见宋诗发达的原因了。

（二）诗体的尊严所致　在前面曾经说过，宋代文学虽然诗词二体同时发展，但词体宋人只当它是一种时髦，当它是一种玩意，高兴的时候随便作作，也无非是茶余酒散，聊以消遣，并不能算是正经学问。所以宋词的发达是由于一种时髦的新潮流所趋。至于诗歌则已经成为文人的正业，诗歌的用处"可以兴，可以观，可以群，可以怨"，这是孔子说过的，所以诗歌要算是一种最尊严的文体。宋人都有这种感觉："惟以词名家，岂不小哉！"因此一般词人虽然不会作诗，也要瞎凑几卷。如晏殊、张先、刘克庄、姜白石都是词人兼做诗人。至于欧阳修那些大文人，平常以风雅自命的，自然天天与诗为友了，虽然也不嫌弃作词。我们检开宋人的作集一看，只看见几十卷几十卷的诗，却没有五卷以上的词；民间文艺则词多而诗少。这也可见当代文人重视诗体的尊严，于是诗体在贵族社会特别发达；民众则爱好词体的新颖，于是词体乃在民间特别流行。本是失却了时代性的诗体，没有被词体所压迫而衰歇，一部分的原因便因为诗体被目为一种最尊严的文体的缘故。

接着唐诗之后，又继续繁殖了三百多年的宋诗，作品与作人又那样的发达，诗的派别门户，自然异常纷歧。《漫堂说诗》有一段纵论宋诗派的话："唐以后诗派，略可指数。宋初晏殊、钱惟演、杨亿，号西昆体。仁宗时，欧阳修、梅尧臣、苏舜钦，谓之欧梅，亦称苏梅，诸君多学杜韩。王安石稍后，亦学杜韩。神宗时，苏轼、黄庭坚，谓之苏黄。又黄与晁补之、张耒、陈师道、秦观、李荐，称苏门六君子。庭坚别开江西诗派，为江西初祖。南渡后，陆游学杜、苏，号为大宗。又有范成大、尤袤、陈与义、刘克庄诸人，大概杜、苏之支分派别也。其后江湖四灵徐照、翁卷等，专攻晚唐五言……"

《漫堂说诗》这一段话过于简略，我们还嫌它语焉不详。宋人诗派，我们根据许多诗话上的说法，至少有下列九种：

（1）西昆体——杨亿等代表，宗李义山；

（2）晚唐体——寇准等代表，宗晚唐；

（3）白　体——王禹偁等代表，宗白居易；

（4）唐　体——欧阳修、梅尧臣等代表，宗杜、韩；

（5）元祐体——苏轼、黄庭坚等代表；

（6）江西派——陈师道等代表，宗黄庭坚；

（7）理学派——程颐、张载等代表，宗邵雍；

（8）永嘉派——徐照等代表，宗晚唐；

（9）江湖派——刘克庄等代表，宗五代。

此外以个人为体者，据《沧浪诗话》所著录，也有七派：

（1）东坡体；

（2）山谷体；

（3）后山体；

（4）王荆公体；

（5）邵康节体；

（6）陈简斋体；

（7）杨诚斋体。

诚然，这种区分，决不能说是严格的诗派的区分，不过借以表示宋诗里面有这么几个变迁，有这么几个不同的诗的风格而已。宋诗既不能明显地划分几个时期让我们来叙述，那末，往下我们就依时代的次序，将宋诗各种派别变迁的脉络，各派的领袖与作者，各派的特色与作风，以及作品内容的分析，系统地加以分别的研究吧。

第四章

宋诗的西昆时期

诗歌到了晚唐，已经是衰歇的景象了，只剩下杜牧、李义山几个诗人放射唐诗的最后光焰。到了五代更只有词的发达，值得珍贵的诗人真是一个例也举不出来。反是那几个会作小词的作家，他们用作词的法子来作诗，很有点清新的风味。例如李后主的《咏柳书黄罗扇示庆奴》：

> 风情渐老见春羞，到处销魂感旧游。多谢长条似相识，强垂烟态拂人头。

张泌的《寄人》：

> 别梦依依到谢家，小廊回合曲阑斜。多情只有春庭月，犹为离人照落花。

孙光宪的《采莲》：

> 菡萏香销十顷陂，小姑贪戏采莲迟。晚来弄水船头湿，更脱红裙裹鸭儿。

这些会作诗的词人可是不大作诗，而那般诗人又染着五代卑靡的诗风，作诗全作不好。到了宋初还是这样。如鞠常、杨徽之、李若拙、赵邻几都是五代的诗人，他们把五代的诗风移植到宋代来，所以宋初的诗坛还是颓废不振。这种情形给那般有为的诗人看了，自然难堪，自然要起来图振作。而揭起一种新的旗帜，造成宋诗初期的发展的，便是西昆体的诗人。

怎样说是西昆体呢？这是杨亿一班人不喜欢五代诗的风味，便追溯上晚唐去，指出晚唐的大诗人李义山为宗主。义山那时本无西昆体之称，只与温庭筠、段成式号称三十六体。后来因为杨亿与他志同道合的十几个诗人，相与酬唱，诗篇既多，便成卷帙。杨亿乃编次成册，自叙云："取玉山策府之名，命之曰《西昆酬唱集》。"这便是西昆体几个字的来源。

西昆体的主干诗人有杨亿、刘筠、钱惟演等。亿字大年，建州人。入翰林为学士，官至左司谏知制诰。他是西昆体的首创者（据田况《儒林公议》的说法），尝以为商隐之诗，其味无穷，杜甫比之，则未免村夫子面目。这自然是过于阿私所好的论调，但在杜诗风靡一世的宋代，这种言论总算是不可多得的。亿的文学天才也足以副他首创者的荣誉。欧阳修尝称："杨大年每欲作文，则与门人宾客，饮酒投壶弈棋，语笑喧哗而不妨构思。以小方纸细书，挥翰如飞，文不加点。每盈一幅，则命门人传录。门人疲于应命。顷刻之间，成数千言，真一代之文豪也。"（《归田录》）刘筠字之仪，大名人。官至户部龙图阁学士。与杨亿齐名，号称杨刘。钱惟演字希圣，吴越王钱俶之子。官至同中书门下平章事。与杨刘齐名，号江东三虎。

因为《西昆酬唱集》是西昆体主干诗人杨亿的编定，可以说这本书便是西昆体的代表作集。我们试检阅其内容，有两点很值得我们注意的。第一，全集完全是酬唱之作。每每一个题目，翻来覆去，题上多少首诗，甚至于你翻我的意思，我又翻古人的僻典，翻上十几首的，如《荷花》《戊申年七夕》一类的题咏。第二，除了四首绝句外，全集尽是五七言律诗，而且排律不少，如《宣曲二十二韵》《受诏修书述怀感事三十韵》，都是很长篇的排律。我们知道律诗因为排比对仗之故，很不容易作好。唐诗里面五律便少好的，七律尤甚，何况数十韵的排律呢？更何况又都是酬唱之作呢？然而西昆体的诗人却偏要从难处做功夫。他们蔑视诗的自然，也不要求诗里面表现什么思想与气魄，朴实与通俗的描写，在他们看来是诗歌的大忌，所以杜甫才被骂为村夫子。他们只一味地握住李义山的唯美主义，专从雕琢与粉饰方面去求进步，"技巧"二字被他们认为作诗的万能。如其一首诗里面不用几个巧妙而隐僻的古典和工丽贴切的对仗，无论如何都不能算是好诗。暂时，我们且不必去批评他们这种诗体的得失，单就诗的技巧方面讲，则他们的作品不能不说是相当的成功。例如杨亿的《禁中庭树》：

直干依金阃，繁阴覆绮楹。累珠晨露重，嘒管夜蝉清。霜桂丹丘路，星榆北斗城。岁寒徒自许，蜀柳笑孤贞。

刘筠的《馆中新蝉》：

庭中嘉树发华滋，可要螳螂共此时。翼薄乍舒宫女鬓，蜕轻全解羽人尸。风来玉女乌先转，露下金茎鹤未知。日永声长兼夜思，肯容潘岳到秋悲。

钱惟演的《荷花》：

水阔雨萧萧，风微影自摇。徐娘羞半面，楚女妒纤腰。别恨抛深浦，遗香逐书桡。华灯连雾夕，钿合映霞朝。泪有鲛人见，魂须宋玉招。凌波终未渡，疑待鹊为桥。

如"累珠晨露重，嘒管夜蝉清""风来玉女乌先转，露下金茎鹤未知"，在当时都是被艳称为名句的。即极端反对西昆体的欧阳修也说："先朝杨刘风采，耸动天下，至今使人倾想。"（《答蔡君谟》）

在杨刘旗帜之下的作家，据《西昆酬唱集》所载，尚有十四人：

（1）李宗谔——翰林学士；

（2）陈　越——著作佐郎直史馆；

（3）李　维——户部员外郎直集贤院；

（4）刘　隲——工部员外郎直集贤院；

（5）丁　谓——枢密直学士；

（6）刁　衎——驾部员外郎直秘阁；

（7）元　阙——

（8）张　咏——枢密直学士；

（9）钱惟济——恩州刺州；

（10）任　随——

（11）舒　雅——职方员外郎，秘阁校理，监舒州灵仙观；

（12）晁　迥——翰林学士；

（13）崔遵度——左司谏直史馆；

（14）薛　映——右谏议大夫。

这些人物都是西昆体里面的健将，不过他们诗的艺术，已远不及他们那几个领袖的成功。

当西昆体盛极一时的时候，同时的文人都相率向着西昆体的藩篱走进去，以模拟西昆为荣。其他同时并存的几个诗派，在诗坛里面都是毫无声势，不能和西昆体相颉颃。诗坛的权威完全由西昆派的诗人独霸着。但是末流所趋，这种极端曼丽浮艳的诗风，已渐渐引起一般新诗人的厌恶了。石介便首先作《怪说》加西昆派的首领以抨击，他说："杨亿穷研极态，缀风月，弄花草，淫巧侈丽，浮华纂组。"石介这种攻击是很有力的，因为他的背后还有许多新诗人作后援。后来又因为《西昆集》中《宣曲》一诗，有"取酒临邛"之句，真宗乃下诏禁文体浮艳。西昆体受了政治与新诗人的夹攻，自然维持不住而衰落下去了。往后的诗人与诗话家，大都会看不起西昆体的。刘克庄《后村诗话》说："《西昆酬唱集》，对偶字面虽工，而佳句可录者殊少。"魏泰《临汉隐居诗话》说："杨亿、刘筠作诗，务积故实而语意轻浅，识者病之。"平心而论，西昆体专讲求诗歌外形上的艺术，而忽视诗的内容，其弊自不可否认。但如果我们承认诗歌里面也有唯美一派，如果认为诗的技巧也是不容忽视的，那末，西昆体的诗也不能说没有一方面的成功。不过，那些西昆体的群众，既乏才气，又缺技巧，只知"堆砌典故"，至于"语僻难晓"，自然要失却诗坛的信仰和地位了。

第五章

宋诗的革新运动

宋诗的革新运动，一言以蔽之，便是反西昆诗的运动。

这次的革新运动，应该分为两个时期：前期是酝酿时期，后期是实现时期。

我们知道与西昆同时的诗体，尚有白体与晚唐体两派，隶属于这两派的诗人，有徐铉、王禹偁、寇准、魏野、潘阆、林逋、韩琦、范仲淹等。他们虽不曾积极地向西昆体进攻，却也不肯追步西昆体的后尘。他们在名义上虽是学白居易体，学晚唐体，实际也不是一步一趋的拟古，而能够自立风格。例如：

寇准的《江南春》：

> 杳杳烟波隔千里，白蘋香散东风起。日落汀洲一望时，柔情不断如春水。

范仲淹的《江上渔者》：

> 江上往来人，但爱鲈鱼美。君看一叶舟，出没风波里。

韩琦的《和春卿学士柳枝词》：

> 淡烟轻日簇谁家，微出青旗一道斜。对景似嫌春意老，
> 更摇疏影扫残花。

这几个都不是纯粹的诗人，他们的诗却作得很好。此外如徐铉、魏野、潘阆的作风都很不坏。不过我们在这里所最要叙述的乃是王禹偁和林逋两位诗人。

王禹偁字元之，巨野人。官至知制诰。贬黄州卒。他在宋诗里面的地位，吴之振的《宋诗钞》有一段很中肯的话："元之独开有宋风气，于是欧阳文忠得以承流接响。文忠之诗，雄深过于元之，然元之固其滥觞矣。"我们要明白禹偁诗在宋诗具有特殊的地位和价值，必须知道一种文体的革新，决不是三两个人振臂一呼便可以成功的。在革新的实现以前，早已有许多远因近因堆积在前头做先驱了。当西昆风靡一时之际，尽人皆堕其藩篱，独王禹偁能够别开生面，自创一格。虽不必说做后来革新的模范，却可以做革新的参考，让后来的诗人很容易想到除了西昆也还有别的路径可寻的上面去，让后来的诗人也仿效他去追求新的诗体。这是王禹偁对于宋诗革新最低限度的功绩，虽然他没有直接参加这种革新的运动。

在《小畜集》里面，我们很能够看出王诗的成功：

> 露莎烟竹冷凄凄，秋况无端入客衣。鉴里鬓毛衰飒尽，
> 日边京国信音稀。风蝉历历和枝向，雨燕差差掠地飞。系滞
> 不如商岭叶，解随流水向东归。(《新秋即事》)

这种律诗和西昆诗便显然两样的写法了。然而这还不能说是王禹偁的代表作。我们要在他的绝句里面，才能够完全欣赏

作者的诗的艺术：

> 暖映垂杨曲槛边，一堆红雪罩轻烟。春来自得风流伴，
> 榆荚休抛买笑钱。(《杏花》)
> 两枝桃杏夹篱斜，妆点商山副使家。何事春风容不得，
> 和莺吹折数枝花。(《春日杂兴》)
> 北山种了种南山，相助力耕岂有偏。愿得人间皆似我，
> 也应四海少荒田。(《畲田词》)

最值得注意的是末了一首，语调平易，实开后来宋诗的先声。

禹偁诗的嗜好很深，宦途的偃蹇倒不在意。尝吟"平生诗句多山水，谪宦谁知是胜游"之句。他作诗也很用气力，曾作一百六十韵的长诗。他的诗有人说是学白居易，有人说是学杜甫。看来他受白居易的影响似乎大些。不仅他自己对于白诗的爱好，情见乎辞，诗的风格也较近白体。不过，这只是就诗的来源说，实际上王禹偁的诗并不曾被白诗完全拘曲着。

林逋字君复，钱塘人。结庐于西湖的孤山，不娶，以梅鹤为伴，赐号和靖先生。他的诗于后来革新运动虽无很大的影响，却在全部的宋诗以外，别创一种风调，不仅与西昆体离得很远。如其能够领略和靖诗的那种冲淡飘逸的风致，对于西昆体的艳妆红粉一定要作呕的。其诗以《咏梅》最负盛名：

> 众芳摇落独暄妍，占尽风情向小园。疏影横斜水清浅，
> 暗香浮动月黄昏。霜禽欲下先偷眼，粉蝶如知合断魂。幸有
> 微吟可相狎，不须檀板共金樽。(《山园小梅》)
> 吟怀长恨负芳时，为见梅花辄入诗。雪后园林才半树，
> 水边篱落忽横枝。人怜红艳多应俗，天与清香似有私。堪笑
> 胡雏亦风咏，解将声调角中吹。(《梅花》)

欧阳修最赏识"疏影横斜水清浅，暗香浮动月黄昏"一联，而黄山谷则以为"雪后园林才半树，水边篱落忽横枝"较胜前联。实则，和靖诗的特色并不表现在《咏梅》的上面。如果我们要欣赏如梅尧臣所说的"平淡邃美，咏之令人忘百事"的和靖诗，便应该选读和靖的五律和七绝：

> 沧洲白鸟飞，山影落晴晖。映竹犬初吠，弄船人各归。水波随月动，林翠带烟微。寺近疏钟起，萧然还掩扉。(《湖村晚兴》)
>
> 晚来山北景，图画亦应非。村路飘黄叶，人家湿翠微。樵当云外见，僧向水边归。一曲谁横笛，蒹葭白鸟飞。(《北山晚望》)
>
> 渺渺江天白鸟飞，石城秋色送僧归。长干古寺经行了，为到清凉看翠微。(《送大方师归金陵》)
>
> 苍茫沙嘴鹭鸶眠，片水无痕浸碧天。最爱芦花经雨后，一篷烟火饭渔船。(《秋江写望》)

据梅尧臣《林和靖先生诗集叙》云"其诗时人贵重，甚于宝玉"，则当代与后来的诗人，又何尝没有受他诗的影响呢？

王禹偁和林逋都是孤立的诗人，没有师友来替他们标榜，因此没有得到很高的诗誉，不能造成一种新诗派的权威，只有站在西昆体外，放射着诗人个体的光焰！

《原诗》云："宋初诗袭唐人之旧，如徐铉、王禹偁辈，纯是唐音。苏舜钦、梅尧臣出，始一大变。"原来王禹偁、林逋那些诗人，只是消极地不作西昆体的诗，没有声势，没有群众，所以西昆体在诗坛还是肆无忌惮地发展；直到苏、梅辈起来，才向西昆体做猛烈的进攻，做打倒西昆体的革新运动。凭着他们不断的努力，居然把西昆的势力渐渐廓清了去，而建设一种新诗的风气起来。故《原诗》称"开宋诗一代之面目者，始于梅尧臣、苏舜钦二人"。刘克庄也称他们是宋诗的开山祖师。

在北宋诗人里面，这要算是两位最失意落拓的诗人：舜钦字子美，其先梓州桐山人，家开封。官至集贤校理监，坐事除名，废居苏州。买水石，筑沧浪亭，发其愤懑于诗歌。后为湖州长史卒。年仅四十一岁（公元一○○八年至一○四八年）。尧臣字圣俞，宣城人。官屯田都官员外郎。他虽然活了五十九岁（公元一○○二至一○六○年），但宦途的潦倒与苏舜钦并没有两样。欧阳修称他"抑于有司，困于州县，凡十余年。年今五十，犹从辟书，为人之佐"。（《梅圣俞诗集序》）

大约是"愈穷则愈工"的原因罢，在北宋许多大诗人没有起来以前，这两位穷诗人便双执诗坛的牛耳，号称"苏、梅"。

然而，这两位齐名诗人的诗的风格又迥不相同：

欧阳修《六一诗话》说："圣俞、子美齐名于一时，而二家诗体特异。子美笔力豪隽，以超迈横绝为奇；圣俞覃思精微，以深远闲淡为意。各极其长，虽善论者不能优劣也。余尝于《水谷夜行诗》略道其一二云：'子美气尤雄，万窍号一噫。有时肆颠狂，醉墨洒滂霈。譬如千里马，已发不可杀。盈前尽珠玑，一一难拣汰。梅翁事清切，石齿漱寒濑。作诗三十年，视我犹后辈。文词愈精新，心意虽老大。有如妖韵女，老自有余态。近诗尤古硬，咀嚼苦难嗫。又如食橄榄，真味久愈在。苏豪以气轹，举世徒惊骇。梅穷独我知，古货今难卖。'语虽非工，谓粗得其仿佛。然不能优劣之也。"

魏泰《临汉隐居诗话》："苏舜钦以诗得名……然其诗以奔放豪健为主。梅尧臣亦善诗。虽乏高致，而平淡有工。世谓之苏、梅。其实与苏相反也。"

苏舜钦也尝说："平生作诗，被人比梅尧臣，可笑也。"

由这几段话我们便很明了苏、梅诗各人的特色及其不同的歧点。往下分别地来介绍他们的诗吧。

舜钦的诗，刘克庄《后村诗话》称其歌行雄放于梅尧臣，轩昂不羁，如其为人。及蟠屈为近体，则极平夷妥帖。不错，舜钦是很爱作豪放的长歌，如《城南感怀呈永叔》《吴越大旱》诸篇，抒写民间痛苦，淋漓肆放，衍为长篇，实在是宋诗里面不可多得的作品。

> 春阳泛野动，春阴与天低。远林气蔼蔼，长道风依依。览物虽暂适，感怀翻然移。所见既可骇，所闻良可悲。去年水后旱，田亩不及犁。冬温晚得雪，宿麦生者稀。前去固无望，即日已苦饥。老稚满田野，斫掘寻凫茈。此物近亦尽，卷耳所共资。昔云能驱风，充腹理不疑。今乃有毒厉，肠胃坐疮痍。十有七八死，当路横其尸。犬豘咋其骨，乌鸢啄其皮。胡为残良民，令此鸟兽肥。天岂意如此，决荡莫可知。高位厌粱肉，坐论挽云霓。岂无富人术，使之长熙熙。我今饥伶俜，闵此复自思。自济既不暇，将复奈尔为。愁愤多满胸，嵁岈不能齐。（《城南感怀呈永叔》）

这种诗虽不如《石壕吏》《新丰折臂翁》之能够作客观的写实，但如"高位厌粱肉，坐论挽云霓"，已有"朱门酒肉臭，路有冻死骨"那般沉痛了。尤其在太平文学发达的宋代，这更是稀罕的作品。此外舜钦近体诗的描写也很不坏。例如：

> 行穿翠霭中，绝涧落疏钟。数里踏乱石，一川环碧峰。暗林麋养角，当路虎留踪。隐逸何曾见，孤吟对古松。（《独游辋川》）
>
> 夜雨连明春水生，娇云浓暖弄阴晴。帘虚日薄花竹静，时有乳鸠相对鸣。（《初晴游沧浪亭》）

春阴垂野草青青，时有幽花一树明。晚泊孤舟古祠下，满川风雨看潮生。(《淮中晚泊犊头》)

尧臣诗名尤高，人称宛陵先生。其为人孤僻寡和，唯欧阳修深赏之。尝论作诗的方法说："诗家虽率意，而造语亦难。若意新语工，得前人所未道者，斯为善也。必能状难写之景，如在目前，含不尽之意，见于言后，然后为至矣。"(《六一诗话》)尧臣便是本着这种理想去作诗，其成功也自不浅。如《送苏祠部通判诗》"沙鸟看来没，云山爱后移"，《送张子野诗》"秋雨生陂水，高风落庙梧"，可谓状难写之景；又如《送马殿丞诗》"危帆淮上去，古木海边秋"，《和陈秘校诗》"江水几经岁，鉴中无壮颜"，可谓含不尽之意。(《韵语阳秋》)

《艇斋诗话》尝称梅尧臣诗以《一日曲》《谒薛简肃墓》《大水后田家》三首为最佳；欧阳修《六一诗话》则称其《河豚鱼诗》为绝唱。我们但觉得《宛陵集》里面除此以外的好诗实在不少：

洛水桥边春已回，柳条葱蒨眼初开。无人拾翠过幽渚，有客寻芳上古台。林邃珍禽时一啭，酒酣红日未西颓。知君最是怜风物，更约偷闲取次来。(《依韵和欧阳永叔同游近郊》)

草木绕篱盛，田园向郭斜。去锄南山豆，归灌东园瓜。白水照茅屋，清风生稻花。前陂日已晚，聒聒竞鸣蛙。(《田家》)

高树荫柴扉，青苔照落晖。荷锄山月上，寻径野烟微。老叟扶童望，羸羊带犊归。灯前饭何有？白薤露中肥。(《田家》)

郁郁长条抽，林间翠堪翦。背岭山气浓，幽人趣不浅。(《林翠》)

西南雨气浓，林上昏月色。寒影不随人，寥寥空露白。(《夏夜小亭有感》)

前时双鸳鸯，失雌鸣不已。今更作双来，还悲旧流水。（《杂诗》）

河南王曙尝称梅诗云："其诗有晋、宋遗风，自杜子美没后二百年，不见此作矣。"欧阳修奖饰梅诗尤力，集中美圣俞者十几四五，如"少低笔力容我和，无使难追韵高绝"；又如"嗟哉吾岂能知子，论诗赖子能指迷"，一类的诗句很多。据我们看来，梅尧臣诗虽是可贵，似还当不起这种过分的称誉。我们不仅不应该说二百年无此作，并且还不能拿梅诗来比拟欧诗。至多我们只能承认龚啸的话："去浮靡之习于昆体极弊之际，存古淡之道于诸大家未起之先。"这两句话恰如其分地表示梅尧臣在宋诗里面的地位与价值。

末了，我们且举两个对于苏、梅诗作贬损的论调，而却是极中肯的批评，作为结论：

沈德潜《说诗晬语》："宋初台阁倡和，多宗义山，名西昆体。梅圣俞、苏子美起而矫之，尽翻科臼，蹈厉发扬。才力体制，非不高于前人，而渊涵淳澹之趣，无复存矣。"

叶燮《原诗》："自汉、魏至晚唐，诗虽递变，即递留不尽之意。即晚唐犹存余地，读罢掩卷，犹令人属思久之。自梅、苏尽变昆体，独倡生新，必辞尽于言，言尽于意，发挥铺写，曲折层累以赴之，竭尽乃止。才人伎俩，腾踔六合之内，纵其所如，无不可者。然含蓄淳泓之意，亦少衰矣。"

第六章

北宋诗坛的四大权威（一）欧阳修

欧阳修是宋诗革新运动里面的领袖。

苏舜钦和梅尧臣虽然用全力向西昆体进攻，但是因为苏、梅的文誉不很高，力量很微，不能攻破西昆派的壁垒。到了欧阳修起来，一方面鼓吹苏、梅的诗，替他们作有力的帮助；一方面又著为论述，还专写了一部《六一诗话》来表示自己诗的主张；同时又抬出韩愈来，作为学诗的指归。我们知道欧阳修是当代文坛的第一个人物，这样卖力地向西昆施以大刀阔斧的攻击，自然很容易地把西昆体在诗坛的势力摧毁无余了。

可是，我们要问：欧阳修为什么这样厌恶西昆呢？如其要解答这个疑问，便得追求欧阳修整个的文学主张。

修字永叔，自号六一居士，江西庐陵人（公元一○○七年至一○七二年）。这正是宋代建国未久的时候，那时的文坛真是堕落极了。叶涛有一段话说明当时文坛的情形很清楚：

> 国朝接唐五代末流，文章专以声病对偶为工，剿剥故事，雕刻破碎，甚者若俳优之辞。如杨亿、刘筠辈，其学博矣，

> 然其文亦不能自拔于流俗，反吹波扬澜，助其气势。一时慕
> 效，谓其文为昆体。时韩愈文，人尚未知读也。

最初，欧阳修也是在这种时文里面讨生活的，及既举进士，握得政治的地位以后，便继着尹洙猛力地提倡复古运动，很明显地标出韩文的旗帜以相号召。这自然决不简单地提倡古文，一定还有更深的意义在，我们读了苏轼的《六一居士集序》便明白所谓提倡古文最高的意义：

> 　　自汉以来，道术不出于孔氏，而乱天下者多矣。晋以老庄亡，梁以佛亡，莫或正之。五百余年而后得韩愈。学者以愈配孟子，盖庶几焉。愈之后三百余年而后得欧阳子，其学推韩愈孟子以达于孔氏……
>
> 　　宋兴七十余年，民不知兵，富而教之，至天圣景祐极矣。而斯文终有愧于古，士亦因陋守旧，论卑而气弱。自欧阳子出，天下争自濯磨以通经学古为高，以救时行道为贤……

原来欧阳氏是孔子儒教道统的继承者，既然是道统的继承者，一切都以复古为原则，自然非反对时文不可，自然非提倡"文以载道"的古文不可，更何况当代时文是"言之无物"的，与道无关的，而且粉饰气很重的西昆体呢？一阵狂风暴雨的运动，把文坛的反动势力肃清了以后，其次便着力于诗的革新了。

在表面看起来，诗歌与孔氏的道统，似乎完全系两件事，而无必然的关系。其实不然。孔子的耐下性子去删古代小百姓们的歌谣，定下了许多"思无邪"一类的诗教，其野心便是要把诗歌也不能自外于儒教的范围，几千年来温柔敦厚的诗教，把诗歌在儒教底下管束得很驯服了。欧阳修著了一部《诗本义》便是发挥诗教的。当时的诗坛既也是时下靡靡的西

昆风气，自为复古派所嫉视，他们自然要起来作一种革新的运动。

不过，在这次的革新运动里面，还有两点是值得我们注意的：

第一，欧阳修的反西昆体，并不是向西昆体的领袖杨亿、刘筠进攻，也不是向晚唐诗进攻，只是指出西昆末流的流弊而施以攻击。反过来说，欧阳氏对晚唐诗与西昆派的领袖还是有相当的敬意。其言曰："唐之晚年诗人，无复李杜豪放之格，然亦务以精意相高。"又云："杨大年与钱刘数公唱和，自《西昆集》出，时人争效之，诗体一变。而先生老辈患其多用故事，至于语僻难晓。殊不知自是学者之弊。如子仪《新蝉》云：'风来玉宇乌先转，露下金茎鹤未知。'虽用故事，何害其为佳句也。"（《六一诗话》）

第二，欧阳修的诗坛革新运动，乃是复古的革新运动。虽标榜韩愈为模拟之鹄的，但因为要矫正西昆体的"多用故事，语僻难晓"，所以"言多平易疏畅"，"虽语有不伦，亦不复问"。（《石林诗话》）

梅尧臣有句似乎滑稽的话说："永叔要做韩退之，硬把我做孟郊。"其实，我们只见欧阳修以韩愈为标榜，在实际上他也不是专学韩诗。

欧阳修在诗坛的破坏工作已于上述，现在我们要研究欧诗的内容及其价值了。

据平常的看法，像欧阳修那末一个严正的古文家，又是主张文以载道的健将，而且"持正不阿，犯颜敢谏"。我们想象着这个人的诗一定是道德气味很重，而缺乏抒情诗的意义了。却不知这种想象是十分谬误的。欧阳修实在是天才很高而又富有情感的一个作家。他并不像程朱一般人"战战兢兢"的样子，他主张古文，完全是为抬高自己在政治学术上的地位，因为复古在古时实在是一种很好的投机事业。欧阳氏的真面目实在是带有几分浪漫性的文人。我们读了他的《醉翁亭记》《六一居士传》一类的作品便会觉察。在他的诗词里面，更完全不使我们觉到他是一个严正的古文家，而是蕴有深情的诗人、词人。他有一首《自叙》诗把自己的个性说得很清楚：

> 余本漫浪者，兹亦漫为官。胡然类鸱夷，托载随车辕。时士不俯眉，默默谁与言？赖有洛中俊，日许相跻攀。饮德醉醇酎，袭馨佩春兰。平时罢军檄，文酒聊相欢。

论者每称道欧阳修的七言古诗，因为他的七古很有些李白、韩愈式的豪迈之气。例如《赠无为军李道士》：

> 无为道士三尺琴，中有万古无穷音。音如石上泻流水，泻之不竭由源深。弹虽在指声在意，听不以耳而以心。心意既得形骸忘，不觉天地白日愁云阴。

沈德潜说："欧阳七言古，专学昌黎。"顾嗣立说："欧阳公出，一变为李太白、韩昌黎之诗。"话虽如此，但欧阳修自视却决不如此之低。尝自称其《庐山高》，今人莫能为，唯李太白能之；《明妃曲》后篇，即太白亦不能为，唯杜子美能之；至于《明妃曲》前篇，子美亦不能为，唯吾（欧自指）能之。此虽醉后傲语，然其高视阔步之雄心，岂以昌黎自足者，刘克庄《后村诗话》竟谓欧公诗如昌黎，不当以诗论，真是皮相之见了。且举其《明妃曲》如下：

> 胡人以鞍马为家，射猎为俗。泉甘草美无常处，鸟惊兽骇争驰逐。谁将汉女嫁胡儿，风沙无情貌如玉。身行不遇中

国人，马上自作思归曲。推手为琵却手琶，胡人共听亦咨嗟。玉颜流落死天涯，此曲却传来汉家。汉宫争按新声谱，遗恨已深声更苦。纤纤女手生洞房，学得琵琶不下堂。不识黄云出塞路，岂知此声能断肠。(《明妃曲和王介甫作》)

汉宫有佳人，天子初未识。一朝随汉使，远嫁单于国。绝色天下无，一失难再得。虽能杀画工，于事竟何益？耳目所及尚如此，万里安能制夷狄？汉计诚已拙，女色难自夸。明妃去时泪，洒向枝上花。狂风日暮起，飘泊落谁家？红颜胜人多薄命，莫怨东风当自嗟！(《再和明妃曲》)

这两首诗虽不必如欧阳修自誉的那般矜贵，但能够不拘曲于格律，恣意地写下去，另有一种意趣，终不失为两首好诗。此外欧氏纯粹的五言古诗也有很好的：

四十未为老，醉翁偶题篇。醉中遗万物，岂复记吾年。但爱亭下水，来从乱峰间。声如自空落，泻向雨檐前。流入岩下溪，幽泉助涓涓。响不乱人语，其清非管弦。岂不美丝竹，丝竹不胜繁。所以屡携酒，远步就潺湲。野鸟窥我醉，溪云留我眠。山花徒能笑，不解与我言。惟有岩风来，吹我还醒然。(《题滁州醉翁亭》)

欧阳修的诗以古风的篇幅为最丰富，他不大爱作律诗。因为他不工于雕琢的缘故，律诗也作不好。七绝却有描写很好的：

红树青山日欲斜，长郊草色绿无涯。游人不管春将老，来往亭前踏落花。(《丰乐亭游春》)
夜凉吹笛千山月，路暗迷人千种花。棋罢不知人换世，酒阑无奈客思家。(《梦中作》)

这样抒情诗意味比较浓厚的新体诗，欧阳修也不甚作。最值得我们举例的还是《拟玉台体》的几首古乐府：

落日堤上行，独歌携手曲。却忆携手人，处处春华绿。
（《携手曲》）

朝看楼上云，日暮城南雨。路远香车迟，迢迢向何所？
（《雨中归》）

连环结连带，赠君情不忘。暂别莫言易，一日九回肠。
（《别后》）

浮云吐明月，流影玉阶阴。千里虽共照，安知夜夜心。
（《夜夜曲》）

朝闻惊禽去，日暮见禽归。瑶琴坐不理，含情复为谁？
（《落日窗中坐》）

虽然是拟"玉台体"，但有新的情思和韵格，很有歌谣的风味，在宋诗里面很难读到这种新颖的作品。只可惜欧阳修集子里面这种诗太少了。

最后，我们还举一个对于欧诗最忠实的批评，作为这篇的结论："欧公作诗，盖欲出自胸臆，不肯蹈袭前人，亦其才高，不见牵强之迹。"（《苕溪渔隐丛话》）

第七章

北宋诗坛的四大权威（二）王安石

宋代的人物思想，无论政治家、军人、学者、文学家，一个个都是很平常的，虽没有什么缺点，也就毫无特长。只出了一个怪杰王安石，把当代的沉闷的空气很有力地掀动了一下。这一掀动可不得了，顿时引起了宋人的大惊小怪，引起意外的赞许与攻击。终竟是因为攻击的力量大些，经过了长期的斗争，便把这风潮压了下去，回复到波平浪静的景象上来。

王安石在政治上的功罪，我们且不去计较他；若说到文学上来，我们可不能否认王安石的地位了，可不能因为反对王氏的政治主张而否认他在文学上的成绩了。自然，王安石的文学造诣，成功最大的是诗歌。

安石字介甫，抚州临川人。亦号半山（生于公元一〇二一年，卒于一〇八六年）。他与苏轼同受知于欧阳修，欧阳修赠诗有云："翰林风月三千首，吏部文章二百年。"可见欧阳修期许之深。然而那时少年壮气的王安石，似乎还不屑做李白韩愈，而以孟子自许。

安石的诗，很多人说他是学杜甫的。《唐子西语录》云：

"荆公诗得子美句法。其诗云：'地蟠三楚大，天入五湖低。'"又《苕溪渔隐丛话》云："半山老人《题双庙诗》诗云：'北风吹树急，西日照窗凉。'细详味之，其托意深远，非止咏庙中景物而已。盖巡远守睢阳，当是时安庆绪遣突厥劲骑攻之，日以危困，所谓'北风吹树急'也。是时肃宗在灵武，号令不行于江淮。诸将观望，莫肯救之，所谓'西日照窗凉'也。此深得老杜句法，如老杜《题蜀相庙》云'映阶碧草自春色，隔叶黄鹂空好音'，亦自别托意在其中矣。"

如其没有别的根据，仅由上面那种牵强的说法，决不能决定安石诗就是出于杜甫。虽然在他作的《老杜诗后集序》很赞扬杜甫，虽然在他的《杜甫画像》诗曾说"吾观少陵诗，为与元气侔""惟公之心古亦少，愿起公死从之游"，这也不能作为模拟杜甫的证据。同时，我们知道安石的诗，也有效张籍体的，也有效白香山体的，也有颂扬欧阳修的，也有颂扬梅圣俞的，我们当然不能因此偶然的戏效某体与颂扬某人便硬说王安石便是学他们。我们又知道执拗而矜骄的王安石，连韩愈李白也不屑为的人，决不会低首下心去俯就杜甫的绳墨，虽然杜甫也是安石所心折的诗人。

原来王安石少年时代的诗是很放纵，很恣肆的。《石林诗话》也说："王荆公少以意气自许，故诗语惟其所向，不复更为涵蓄。如'天下苍生待霖雨，不知龙向此中蟠'；又'浓绿万枝红一点，动人春色不须多''平治险秽非无力，润泽焦枯是有才'之类，皆直道其胸中事。"以安石的抱负，本不仅仅是一诗人，他具有独立的思想，高敏的想象。他的议论，他的主张，往往很肆放地在诗歌里面表现出来。例如《省兵》诗：

> 有客语省兵，兵省非所先。方今将不择，独以兵乘

边。……兵少败孰继？胡来饮秦川。万一虽不尔，省兵当何缘？骄惰习已久，去归岂能田？不田亦不桑，衣食犹兵然。省兵岂无时，施置有后前。王功所由起，古有《七月篇》。百篇勤俭慈，劳者已息肩。游民慕草野，岁熟不在天。择将付以职，省兵果有年。

这简直是一篇裁兵意见书，作者却把它写成一首诗。在安石的古诗里面，发议论诗的分量实在很多。甚至于讲佛理，猜哑谜，形形色色的诗都有。

寒时暖处坐，热时凉处行。众生不异佛，佛即是众生。（《题半山寺壁》）

人人有这个，这个没量大。坐也坐不定，走也跳不过。锯也解不断，锤也打不破。作马便搭鞍，作牛便推磨。若问无眼人，这个是什么？便遭伊缠绕，鬼窟里忍饿。（《拟寒山拾得二十首》）

也许这是王安石的人生哲学，但叫作诗，便有些难看了。在诗里面发些这样玄而又玄的议论，实在罕见。自难怪最推许安石诗的《宋诗钞》的编者也要说"独是议论过多，亦是一病耳"了。

王安石的诗还有第二个毛病，就是喜欢窜改古人的词句以为己诗。这种做法在宋以前，本来就有了的，而且有些成绩很好。如庾信的"永韬三尺剑，长卷一戎衣"，杜工部改为"风尘三尺剑，社稷一戎衣"，意味便深长了；又如李嘉祐的"水田飞白鹭，夏木啭黄鹂"，王摩诘加为"漠漠水田飞白鹭，阴阴夏木啭黄鹂"，诗的境界便美化了。到了王安石却特别爱做这种工作，而以己意窜改古人诗。如南朝苏子卿的《梅》诗"只言花是雪，不悟有香来"，本是很好，而安石则改为

"遥知不是雪，为有暗香来"，便点金成铁了（《诚斋诗话》）。又如李白的"白发三千丈"，则改为"缲成白发三千丈"（《韵语阳秋》）；古诗的"鸟鸣山更幽"，则改为"一鸟不鸣山更幽"；王维的《书事》诗，洪觉范称其含不尽之意，苏子由所谓不带声色者也，安石乃改窜其前句"轻阴阁小雨，深院昼慵开"，改为"山中十日雨，雨晴门始开"。这都是改得很坏而极无意义的工作。其实，即使有时改得好，如将陆龟蒙的"殷勤与解丁香结，从放繁枝散诞香"，改为"殷勤为解丁香结，放出枝头自在香"，也不是值得怎样称述的。而王安石却乐为之，也是他自信太高，爱弄聪明的地方。他又喜为集句，集中很多集古句的诗。黄山谷讥为"正堪一笑"，实在是不错的。

以上所说，都是指明王安石不正经地作诗，拿诗歌来写文章当玩意所发生的坏处，并不是指摘王安石的作品。现在我们要进而介绍安石诗的艺术。

安石最负盛誉的诗，是他那篇《桃源行》：

> 望夷宫中鹿为马，秦人半死长城下。避时不独商山翁，亦有桃源种桃者。此来种桃经几春，采花食实枝为薪。儿孙生长与世隔，虽有父子无君臣。渔郎漾舟迷远近，花间相见因相问。世上那知古有秦，山中岂料今为晋。闻道长安吹战尘，春风回首一沾巾。重华一去宁复得，天下纷纷经几秦？

论者有谓这是安石唯一的杰作，自是武断。在安石的古风里面，长篇的好诗还多着呢。如《明妃曲》便是王昭君和番文学里面的白眉。

> 明妃初出汉宫时，泪湿春风鬓脚垂。低徊顾影无颜色，尚得君王不自持。归来却怪丹青手，入眼平生几曾有。意态

由来画不成，当时枉杀毛延寿。一去心知更不归，可怜着尽汉宫衣。寄声若问塞南事，只有年年鸿雁飞。家人万里传消息，好在毡城莫相忆。君不见，咫尺长门闭阿娇，人生失意无南北。(《其一》)

在这儿安石不仅不用古人语，议论也不发了，完全用情感和想象在篇中回环，如"意态由来画不成，当时枉杀毛延寿"，这些句子是全用想象结构成的。在不知经过多少文人描写过的《明妃曲》中，王安石此作不能不算很好的一篇。

其次，我们要研究安石的律诗：

绿搅寒芜出，红争暖树归。鱼吹塘水动，雁拂塞垣飞。宿雨惊沙尽，晴云昼漏稀。却愁春梦短，灯火著征衣。(《宿雨》)

宜秋西望碧参差，忆看乡人裸饮时。斜倚水开花有思，缓随风转柳如痴。青天白日春常好，绿发朱颜老自悲。跋马未堪尘满眼，夕阳偷理钓鱼丝。(《金明池》)

安石的律诗有几种特色的地方。第一是，字眼用得工稳：安石作诗，一句一字都是不轻易写下来的。例如"紫苋临风'怯'，青苔挟雨'骄'"；"草长'流'翠碧，花远'没'黄鹂"，这些细微的片语只字，也是几经思索才写定的。又如"青山扪虱坐，黄鸟挟书眠"，安石作成后惊喜欲狂，自以为"不减杜诗"，其实只有二句诗耳。安石之所以窜改古人诗，也是为求一句之完美、一字之妥帖的缘故。

安石用语最爱用叠字，用得最勤的是在他的五律方面。例如：

冉冉春行暮，菲菲物竞华。(《春日》)
剡剡风生晚，娟娟月上初。(《晚兴和冲卿学士》)

渺渺林间路，萧萧物外僧。（《游栖霞庵》）

扰扰今非昔，漫漫夜复晨。（《冬日》）

忽忽余年往，茫茫不自知。（《中书偶成》）

萧萧新犊卧，冉冉暮鸦翻。（《光宅》）

默默不自得，纷纷何所为？（《招丁元瑜》）

这种叠字的用法，安石惯例用在五律的首句，在七律里面便不常用了。

安石律诗的第二种特色，是在对偶用典的贴切。《石林诗话》云："荆公用法甚严，尤精于对偶。尝云：用汉人语，止可以汉人语对。若参以异代语，便不相类。如'一水护田将绿去，两山排闼送青来'之类，皆汉人语也。此惟公用之不觉拘窘卑凡。如'周颙宅在阿兰若，娄约身随窣堵波'，皆以梵语对梵语，亦此意。尝有人面称公'自喜田园安五柳，但嫌尸祝扰庚桑'之句，以为的对。公笑曰：'伊但知柳对桑为的，然庚亦自是数。'盖以十干数之也。"

不错，安石的用典对仗，实在很能精巧贴切。但这样的巧处是没多大意义的。有时过于雕刻，便不免令人生厌了。如"移柳当门何啻五，穿松作径适成三"，把"五柳""三径"拆散以颠倒成对，诗的意义全失了。怪不得张戒要说："王介甫只知巧语之为诗，而不知拙语亦诗也。"（《岁寒堂诗话》）

古诗和律诗还不足以表现王安石诗的特长，五绝和七绝才是王安石的拿手戏。《寒厅诗话》云："王半山（安石）备众体，精绝句。"《沧浪诗话》云："公绝句最高，其得意处，高出苏、黄、陈之上。"《艇斋诗话》载东湖诗云："荆公绝句妙天下。"可见安石的绝句在当代已经负盛誉了。

淮口西风急，君行定几时。故应今夜月，未便照相思。（《送王补之行》）

　　江水漾西风，江花脱晚红。离情被横笛，吹过乱山东。
（《江上》）

　　相看不忍发，惨澹暮潮平。语罢更携手，月明洲渚生。
（《离升州作》）

　　欲望淮北更白头，杖藜萧飒倚沧洲。可怜新月为谁好，
无数晚山相对愁。（《北堂》）

　　荒烟凉雨助人悲，泪染衣襟不自知。除却春风沙际绿，
一如看汝过江时。（《送和甫至龙安微雨因寄吴氏女子》）

　　落帆江口月黄昏，小店无灯欲闭门。侧出岸沙枫半死，
系船应有去年痕。（《江宁夹口》）

　　乌塘渺渺绿平堤，堤上行人各有携。试问春色何处好，
辛夷如雪柘冈西。（《乌塘》）

　　野水从横漱屋除，午窗残梦鸟相呼。春风日日吹香草，
山北山南路欲无。（《悟真院》）

　　杨柳杏花何处好，石梁茅屋雨初干，绿垂静路要深驻，
红写清陂得细看。（《杨柳》）

　　曲沼溶溶泮尽澌，暖烟笼瓦碧参差。人情共恨春犹浅，
不问寒梅有几枝。（《即席》）

　　少年时期的安石诗，不免浮露浅薄，已在前面说过；到
了老年时期的安石诗，便迥然另是一种风格了。因为政治上
的失意，志气的衰颓，人情世故看得越多，性情也含蓄了，
自然去掉了少年浮薄之气；同时感慨的怀抱变为冷淡，而艺
术和修养却更进步了。所以安石晚年的诗风格闲淡，造语工
致，而律法精严。

　　叶石林云："王荆公晚年诗律尤精。造语用字，间不容
发。然意与言会，言随意遣，浑然天成，殆不见有牵率排比
处。如'含风鸭绿鳞鳞起，弄日鹅黄袅袅垂'，读之初不觉对
偶。至'细数落花因坐久，缓寻芳草得归迟'，但见舒闲容与

之态耳。而字字细考之，若经隐括权衡者，其用意亦深刻矣。尝与叶致远诸人和头字韵诗，往返数四。其末篇有云：'名誉子真矜谷口，事功新息困壶头。'以谷口对壶头，其精切如此。后数日，复取本追改云：'岂爱京师传谷口，但知乡里剩壶头。'"（《石林诗话》）

《后山诗话》载黄鲁直云："荆公之诗，暮年方妙。"又云："荆公暮年作小诗，雅丽精绝，脱去流俗，每讽味之，便觉沉潋生牙颊间。"《石林诗话》又载："王荆公少以意气自许，故诗语惟其所向，不复更为涵蓄……后为群牧判官，从宋次道尽假唐人诗集，博观而约取，晚年始尽深婉不迫之趣。"

《漫叟诗话》亦云："荆公定林后，诗精深华妙，非少作之比。尝作《岁晚》诗云：'月映林塘静，风涵笑语凉。俯窥林净绿，小立伫幽凉。携幼寻新的，扶衰上野航。延缘久未已，岁晚惜流光。'自以比谢灵运，议者亦以为然。"

《寒厅诗话》亦称安石的五言可拟二谢。黄鲁直则云："然学二谢，失之巧尔。"

与安石同时的文学家，如曾巩、苏辙则仅以文章著名（曾巩不能诗，秦少游云："曾子固文章妙天下，而有韵者辄不工"）；欧阳修、苏轼则诗不及其词（《艺苑卮言》）；只有王安石特以诗著，后来的诗人如黄山谷、陈师道、杨万里辈都受他的影响不少。

第八章

北宋诗坛的四大权威（三）苏轼

轼字子瞻，一字和仲，自号东坡居士，眉山县人。

没有欧阳修，决不能廓清西昆体的残余势力；没有苏轼，决不能造成宋诗的新生命。像杨亿、刘筠、钱惟演辈的专摹西昆，固然不是宋诗；李昉、徐铉、王禹偁辈的学白体，也不是宋诗；寇准、魏野、潘阆辈的晚唐体，也不是宋诗；甚至于梅圣俞专学唐人的平淡处，欧阳修专学韩愈的古诗，又何尝是宋诗？严羽云："国初之诗，尚沿袭唐人。（中略）至东坡、山谷，始自出己意以为诗，唐人之风变矣。"（《沧浪诗话》）

因为苏、黄创造了比较纯粹的宋诗，所以一般唐诗崇拜者都起来攻击他们。吴乔说："宋之最著者苏、黄，全失唐人一唱三叹之致。"（《答万季野诗问》）王阮亭也有"宋初学西昆，于唐却近；苏、黄始变西昆，去唐却远"之叹！元遗山诗云："只知诗到苏黄尽，沧海横流却是谁。"这是显然嫌苏、黄破坏唐体了。

其实，与苏、黄同时代的诗人中，不作唐诗，而以己意出诗者，还有个王安石。不过王安石虽然自创了一种"王荆公体"，但他是个孤立无援的诗人，他影响于当代诗坛及后世诗人者，虽然有一点，但很微末，远不如苏轼有济济多材的所谓苏门学士做他的信徒，俨然执诗坛的牛耳；后来那位黄学士山谷又创造了"江西诗派"，也是从苏门出来的，这一来，苏诗的权威更大了。我们如其承认江西诗派的力量支配了北宋中叶以后及南宋的诗坛，则我们便不妨说这种力量是苏轼发出来的，更不能不承认欧阳修以后活动二百多年的宋诗的生命是苏轼创造的了。

开辟宋诗的新园地，不让它永远依附唐人篱下，这便是苏轼唯一值得讴歌的伟大处所。以下，我们分作五节来研究苏轼的诗。

（一）苏轼文艺的来源；

（二）苏轼诗的艺术；

（三）苏轼与当代诗人；

（四）苏轼诗的评论；

（五）苏轼诗的分类。

研究苏轼文艺的来源，也就是说明苏轼诗的来源。

有人说：苏轼诗是学杜甫。不错，苏轼是很崇拜杜甫的，但是苏轼的崇拜杜甫只是崇拜他的人格，崇拜他的忠君。轼曾说："古今诗人众矣，而杜子美为首，岂非以其流落饥寒，终身不用，而一饭未曾忘君也欤。"（王定国《诗叙》）这种崇拜忠孝的心理，在古代是很平常的，决不能因此便强说苏轼是学杜甫。同时他也很崇拜韩愈，却是崇拜韩愈能"文起八代之衰"；他也很崇拜欧阳修，却是崇拜修是"今之韩愈也"，决不是意在模拟他们的作品。我们知道苏轼是被称为豪放派的诗人，有人说他的作品是曲子中缚不住者，有人说他的作品如"天风海雨逼人"，这都无非是证明苏轼是一个不愿受格律束缚的诗人。古诗人，古文艺，对于他至多只能有微微的影响，当他高视阔步地放吟时，早把一切都忘记了，哪里还记得去上模拟的镣铐？

我们要发现苏诗的来源，最好从诗人的生活史上去找吧。

蜀中的山水向来是很负盛名的，李白曾经讴颂过，杜甫曾经讴颂过，陆游范成大也曾经讴颂过。据说眉州眉山的江山尤为秀丽，苏轼便在这样美丽的田园里诞生的。他是唐诗人苏味道之后，父亲苏洵文名甚著，轼秉受这种美好的遗传，生长在这般锦绣的山河里，天才和环境，便已经种下这位诗人文艺的慧根了。苏洵因为"痛斯文之将丧"，和自己"问学之已迟"，所以对于他的儿子幼年的教育是不曾忽视的，而苏轼自小熏陶在这充盈了文学空气的家庭里面，七八岁时已很能读书，这种幼年充分的读书修养，便逐渐构成苏轼文艺的基础。及至踏入少年时代，诗人的天才就渐渐暴露，至受当代文坛的盟主欧阳修的赏识以后，这位新进作家便名溥万里了。

天才与环境，家庭与教育，都是适宜于苏轼在文艺方面的发展。在三苏当中，只有苏轼的文艺成就独大，一方面固然是由于他具特殊的才气，一方面更由于他有充实而丰富的生活。

生活要怎样才是充实丰富，本不是一个容易答复的问题。但在文艺上所需要的生活，乃是变动的生活，情绪的生活。因为只有变动的生活和情绪的生活才是文艺的来源。那种住在斗方室里面不动不变的"秀才不出门"的生活固不是文艺的生活；即那抑制情感的"战战兢兢"的礼教生活也不是文艺的生活。我们的诗人苏轼活到了六十六岁（公元一○三七年至一一○一年），有三个儿子，十四个孙，照古话说起来，"福寿"总算是不坏。可是他却宦途失意，时遭贬谪，游审万里，一生都在奔波流浪中，计他到过的地方，蜀中是他生长之地，沿江东下，直至苏杭海岸。北至京师以北，南至岭海潮惠，将中国全部绕了大半个圈子。至于中原内地，黄河之滨，延及扬子江头，潇湘之浦，无处没有苏轼的痕迹与吟咏。这在他的政治生涯上自是失意，但好处却因此使诗人的生活能够变动，扩大了他的胸襟，繁复了他的观感，开拓了他描写的境界。我们看三苏中独苏轼文思奇壮，气魄沉雄，不能不说是壮阔的环境把他磨练成的。

浪漫的情感生活，本是古代文人的大忌。如杜甫、韩愈、欧阳修们都是很循规蹈矩地过道德生活，而以此鸣高。其实，这全违反了文学所要求的个性与情感的自由。情感生活的结果，本易流于浪漫，如饮酒、蓄妾、狎妓、狂放，但这于文学创作是无碍的，不但无碍而且有益。因为这些浪漫的行为往往是创作的媒介。苏轼也是爱饮酒狎妓的一个。他很爱吃酒，有时吃酒发起狂来，把他的功名富贵都忘却了。如"生前富贵，死后文章，百年瞬息万世忙。夷齐盗跖俱亡羊。不如眼前一醉，是非忧乐两都忘"（《薄薄酒》）。竟变成一个享乐主义者了。狎妓的故事也是苏轼常有的。他娶了好几个妓女做妾。虽然他曾经说"吾似白香山，但无素与蛮"，但他却有朝云暮云。（赵孟頫词有云："苏学士有朝云暮云。"在轼自己的《朝云诗引》也说："予家有数妾，四五年相继辞去，独朝云者随予南迁。"可见轼妾至少有三个以上。）他又很爱调戏人家的姬妾，如"流水随弦滑，清风入指寒。坐中有狂客，莫近绣帏弹"，又如"莫嫌衰鬓聊相映，须得纤纹与共回。知道文君隔青琐，梁园赋客肯言才"，这样的浪漫，简直把礼教蔑视到极点了。

游历天下名山大川，使作者的描写开阔，文思益壮；恣情于酒与妇人，又是创作欲的强烈刺激。我们从生活的形态上面，已经捉住苏轼文艺的伟大泉源。

苏轼的诗在当时叫作"东坡体"。

轼诗最擅长七古。因为他的才气大，放吟起来，往往气象万千，奔迸如流，决不是三言两语的短章所能尽意，必须长篇歌行，始能恣其磨荡回环之趣。例如《游金山寺》：

> 我家江水初发源，宦游直送江入海。闻道潮头一丈高，天寒尚有沙痕在。中泠南畔石盘陀，古来出没集涛波。试登绝顶望乡国，江南江北青山多。羁愁畏晚寻归楫，山僧苦留看落日。微风万顷靴纹细，断霞半空鱼尾赤。是时江月初生魄，二更月落天深黑。江心似有炬火明，飞焰照山栖鸟惊。怅然归卧心莫识，非鬼非人竟何物？江山如此不归山，江神见怪惊我顽。我谢江神岂得已，有田不归如江水。（《游金山寺》）

苏轼还有《咏梅花》诗也很负时誉，其中尤以"竹外一枝斜"一诗，诗话家有以为比林和靖之"疏影横斜水轻浅，暗香浮动月黄昏"尤高一筹者。其诗云：

> 西湖处士骨应槁，只有此诗君压倒。东坡先生心已灰，为爱君诗被花恼。多情立马待黄昏，残雪消迟月出早。江头千树春欲暗，竹外一枝斜更好。孤山山下醉眠处，点缀裙腰纷不扫。万里春随逐客来，十年花送佳人老。去年花开我已病，今年对花还草草。不知风雨卷春归，收拾余香还界昊。（《和秦大虚梅花》）

沈德潜云："苏诗长于七言，短于五言。"（《说诗晬语》）《岘佣说诗》云："东坡能行气，不能炼句，故七律每走而不守。"王阮亭也说东坡"惟律诗不可学"（《一瓢诗话》）。苏诗本不以律诗见长，但他的律诗却不是没有好的。即如人家所最攻击他的五律中也未尝没有隽品。

> 雨过浮萍合，蛙声满四邻。海棠真一梦，梅子欲尝新。拄杖闲挑菜，秋千不见人。殷勤木芍药，独自殿余春。（《雨晴后》）

苏轼诗气象洪阔，千意万绪，要写就写，一气呵成，本不长于琐琐碎碎之字句雕琢。有时刻意去雕琢，不是失之粗，便是失之纤。如所谓"岂意青州六从事，化为乌有一先生"，完全对巧而失却诗意了。苏轼的五绝也不值得我们举例，但他的七绝却有很多好的。

> 梨花淡白柳深青，柳絮飞时花满城。惆怅东阑一株雪，人生看得几清明。（《和孔密州东阑梨花》）
> 竹外桃花三两枝，春江水暖鸭先知。蒌蒿满地芦芽短，正是河豚欲上时。（《惠崇春江晚景》）
> 暮云收尽溢清寒，银汉无声转玉盘。此生此夜不长好，明月明年何处看？（《中秋月》）
> 荷尽已无擎雨盖，菊残犹有傲霜枝。一年好景君须记，最是橙黄橘绿时。（《赠刘景文》）
> 野水参差落涨痕，疏林攲倒出霜根。浩歌一棹归何处，家在江南黄叶村。（《书李世南所画秋景》）

苏轼继续欧阳修主盟宋代诗坛，除了几个老前辈的诗人外，同时的诗人大都隶属于苏门。如陈师道与苏门本无渊源，而诗名甚藉，苏轼便想罗致于门下，但师道不很驯服，轼乃多方结纳之。又如晁补之本为晚辈，因为能诗，苏轼乃不惜屈辈行与之交。于此可见苏轼之矜贵诗人，亦可见其苦心孤诣地造成诗坛的大权威。

我们试把当代诗人与苏轼的关系略述如下：

黄庭坚——苏门学士；

秦　观——苏门学士；

晁补之——苏门学士；

张　耒——苏门学士；

陈师道——苏门君子；

李　荐——苏门君子；

（黄、秦、晁、张号称苏门四学士，加陈、李又称苏门六君子）

苏　辙——轼弟；

文　同——轼中表。

这些诗人都是苏轼权威的支配者，直接地受着苏诗的影响。虽然黄庭坚诗与轼齐名，号称苏、黄，但黄实在远不及苏。黄庭坚诗不仅不是独倡，而且还受了唐诗的影响，不过以寄迹苏门，其诗又受苏轼诗的熏陶，故称苏、黄。《贞一斋诗说》云：“黄山谷虽与同时并称，才调迥不相及。”黄庭坚犹不能与苏比拟，其余诸子，自更不能与苏轼抗衡了。

苏轼也是和王安石一样爱卖弄才气的人，他因为陶潜诗很著名，想和陶潜争胜（或者可以说是因为爱潜诗的缘故），乃遍和陶诗，费了许多工夫写成《和陶诗》四卷。这样还不够他的趣味，又把陶潜的《归去来词》拆散，写成《归去来集字》十首；这样还不够，他又很滑稽地去驳陶潜诗里面的思想。例如《问渊明》：

> 子知神非形，何复异人天。岂惟三才中，所在靡不然。我引而高之，则为日星悬；我散而卑之，宁非山与川？三皇虽云殁，至今在我前。八百要有终，彭祖非永年。皇皇谋一醉，发此露葽妍。有酒不辞醉，无酒斯饮泉。立善求我誉，饥夭食馋涎。委运忧伤生，运去生亦迁。纵浪大化中，正为

化所缠。应尽便须尽，宁复俟此言。

《岘佣说诗》云："东坡五古，好和韵叠韵，欲以此见长，正以此见绌。"这实在是很痛快的一个批评。其实，东坡的《和陶诗》也并不曾摸着陶诗的边际。《岘佣说诗》又说："陶诗多微至语，东坡学陶，多超脱语，天分不同也。"既然天分不同，东坡为什么不去发展自己的天分，偏要去追寻陶潜的藩篱，这自是好卖弄天才的毛病，也是苏诗不能超迈前人的最大原因。

还有，那种忠君的诗也是苏诗里面的下品。我们只要看他的赞扬杜甫诗的伟大，说是因为"一饭未尝忘君"的缘故，便可见苏轼文学主张的酸腐了。这种主张在君主制度底下本无足怪，但苏诗便因此发生了许多不幸，如他的"三杯卯困忘家事"，本是咏酒醉的好诗句，但他却硬凑上一句"万户春浓感国恩"，便不能读了。这都是苏诗的小疵。

末了，我们且引几种东坡诗的评论语在下面：

《贞一斋诗说》："赵宋诗家，欧、梅始变西昆旧习，然亦未诣其盛。至坡公始以其才涵盖今古。观其命意，殆欲兼擅李、杜、韩、白之长。各体中七古尤阔视横行，雄迈无敌，此亦不可时代限者。"

《瓯北诗话》："以文为诗，自昌黎始。至东坡益大放厥辞，别开生面……天生一枝健笔……有必达之隐，无难显之情，此所以继李、杜而为一大家也。"

《说诗晬语》："苏子瞻胸有洪炉，金银铅锡，皆归镕铸。其笔之超旷，等于天马脱羁，飞仙游戏，穷极变幻，而适如意中所欲出。韩文公后又开辟一境界也。"

《岘佣说诗》："东坡最长于七古，沉雄不如杜，而奔放过之；秀逸不如李，而超旷似之。又有文学以济其才，有宋三百年，无敌手也。"

《后山诗话》："苏诗始学刘禹锡，故多怨刺。晚学太白，至其得意，别似之矣，然失于粗。"

又《岘佣说诗》："东坡才思甚大，而有好尽之病，少含蓄也。"

这些批评都是值得我们玩味的。

苏诗在当代不仅在诗坛里面负盛名，其诗誉简直传颂外国了。苏辙诗："谁将家集过幽都，每被行人问大苏。莫把文章动蛮貊，恐妨谈笑卧江湖。"（《神木馆寄子瞻兄》）可见苏诗被宣传之广了。其诗卷帙甚富，但被后人讹刻改窜，紊乱甚多。刊本据《四库全书提要》著录有王十朋《东坡诗集注》、施元之《施注苏诗》、查慎行《补注东坡编年诗》数种。现据《增刊校正王状元集注分类东坡先生诗》，将苏诗归纳，加以简单的分类如下。

苏诗大体可以分为五类，第一类是写景诗：

（1）游览诗——如《奉诏减决囚禁记所经历》《淮上早发》《过庐山下》；

（2）山水诗——如《出颍口初见淮山》《庐山五咏》《骊山绝句》《新滩阻风》《汉水》《夜泛西湖》《虎跑泉》《戏徐凝瀑布诗》《仙游潭》《道者院池上作》《舟中夜起》；

（3）田园诗——《和文与可洋州园池》《食柑》《招隐亭》《东坡八首》《种茶》。

第二类是咏物诗：

（4）咏月诗——如《夜行观星》《中秋月》《妒佳月》；

（5）咏树诗——如《塔前古桧》《此君轩》《荔枝叹》；

（6）咏花诗——如《惜花》《雨中看牡丹》《海棠》《岐亭道上见梅花》《山茶》；

（7）咏酒诗——如《新酿桂香酒》《薄薄酒》《竹叶酒》；

（8）杂咏诗——如《戏作放鱼》《异鹊》《乌觜》《秋咏石屏》《破琴》《柏石图》。

第三类是感怀诗：

（9）述怀诗——如《秋怀二首》《次韵子由述怀四绝》；

（10）怀古诗——如《和刘道原咏史》《开元遗事》《襄阳乐》《濠州七绝》；

（11）感旧诗——如《和子由渑池怀旧》《感旧》《忆中和堂》。

第四类是应酬诗：

（12）酬答诗——如《次韵王诲夜坐》《答李邦直》《和孔君亮郎中见赠》；

（13）题咏诗——如《题南溪竹上小诗》《题皇亲扇》《题文与可墨竹》；

（14）寄赠诗——如《寄刘孝叔》《赠岭上老人》《和刘道原见寄》；

（15）送别诗——如《送曾子固倅越得燕字》《赠别》《初别子由》《留别廉守》；

（16）庆贺诗——如《贺朱寿昌郎中得母所在》。

第五类是游仙诗：

（17）游仙诗——《梦与人论神仙道术》《赠月长老》《寄邓道士》。

《集注分类东坡先生诗》分苏诗为二十五卷七十八类，大概都可以归纳在上述的五类里面。

第九章

苏门的诗人

首先我们要说明"苏门诗人"几个字的观念：

第一，所谓苏门诗人，不过是一种亲朋关系的组合，只因苏氏是这种关系的中坚，所以叫作苏门的诗人。盖当时三苏文誉甚高，一般文士都乐从之游，真是"一登龙门"，便"声价十倍"的样子。因此苏门文士甚多，其最著者有所谓苏门四学士、苏门六君子之称。可是这也只是"以文会友"的意思，完全没有诗派的涵义。

第二，因为苏门诗人的组合，是亲朋的关系，以文会友的意思，所以他们诗的作风也不一样。也许他们各人都受了一点苏轼诗的影响，但是影响不大，苏轼那种豪放的气魄，与苏门诗人那般婉约的风度，是永远不能合拍的。他们除了互相酬唱、互相激赏以外，简直找不出两个诗格相同的苏门诗人来。

既然明白了所谓"苏门"诗人，仅仅是一个简单的关系——在这本书里也不过是因叙述的便利取用这个题目——往下，便可以作个别的研究了。

秦观，观字少游，一字太虚。扬州高邮人。生于公元一〇四九年。见苏轼于徐，为赋《黄楼》，以为有屈、宋才。王安石亦称其诗，清新婉丽，有似鲍、谢。后苏轼以贤良方正荐于朝，除太常博士。官至国子编修。卒于公元一一〇〇年。有《淮海集》四十卷。其诗最值得我们注意者，《秋兴九首》，遍拟唐人。如《拟韩退之》《拟孟郊》《拟韦应物》《拟李贺》《拟李白》《拟王川子》《拟杜子美》《拟杜牧之》《拟白乐天》。其所拟诗，虽偏重模仿与技巧，亦有佳作：

> 鱼鳞瓷空排嫩碧，露桂梢寒挂团璧。白蘋风起吹北窗，尺鲤沉没断消息。燕子将雏欲归去，沈郎病骨惊迟暮。浓愁茫茫寄何处，万里江南芳草路。（《拟李贺》）
>
> 不因霜叶辞林去，的当山翁未觉秋。北里酒钱烦屡索，南州诗债懒频酬。欲歌金缕羞红粉，拟插黄花避白头。底事登临好时节，等闲收拾许多愁。（《拟白乐天》）

敖陶孙《诗评》论秦观诗，谓如时女步春，终伤纤弱。元好问《论诗绝句》因有女郎诗之讥。这种贬损似乎是过分的。吕本中称秦观"过岭以后诗，高古严重，自成一家，与旧作不同"，可见秦诗亦并非全是纤弱之病。其近体绝句，尤多隽品：

> 门掩荒寒僧未归，萧萧庭菊两三枝。行人到此无肠断，问尔黄花知不知？（《题郴阳道中一古寺壁》）
>
> 渺渺孤城白水环，舳舻人语夕霏闲。林梢一抹青如画，应是淮流转处山。（《泗州东城晚望》）
>
> 晓浦烟笼树，春江水拍空。烦君添小艇，画我作渔翁。（《题画》）

我们读了《淮海集》，应该说秦观是词人的诗。

　　张耒，耒字文潜，号柯山，淮阴人。人称宛丘先生。著有《诗说》及《宛丘集》七十六卷。初与秦少游同学于子瞻。子瞻谓"秦得吾工，张得吾易"；又称"文潜容衍靖深，若不得已于书者"。其诗务为平淡，效白乐天。杨万里亦称"肥仙诗自然"，肥仙者，文潜之词号也。古乐府效张籍，甚精。尤工绝句：

> 　　亭亭画舸系春潭，直待行人酒半酣。不管烟波与风雨，载将离恨过江南。（《绝句》）
> 　　苕霅清秋水底天，夜帆灯火客高眠。江东可但鲈鱼美，一看溪山值万钱。（《霅溪道至四安镇》）
> 　　相逢记得画桥头，花似精神柳似柔。莫谓无情即无语，春风传意水传愁。（《偶题》）
> 　　天寒野店断人行，晚系孤舟浪未平。半夜西风惊客梦，卧听寒雨到天明。（《舟行》）
> 　　曾作金陵烂漫游，北归尘土变衣裘。芰荷声里孤舟雨，卧入江南第一州。（《怀金陵》）

　　文潜仕至起居舍人，在苏门学士中独享最后的盛名。与晁无咎齐名，号称"晁、张"。但晁氏的文誉似不及文潜的为当代所矜贵。

　　晁补之，补之字无咎，巨野人。尝作《七述》，叙钱塘山川人物之丽。时苏轼亦欲有所赋，见其文，遂为之搁笔，屈辈行与之交。元丰间举进士，试开封及礼部别院皆第一，考官谓其文词近世未有。张耒亦尝言补之自少为文，即能追步屈、宋、班、扬，下逮韩愈、柳宗元之作。促驾力鞭，务与之齐而后已。官至吏部员外郎，礼部郎中兼国子编修实录检讨官。后以党论，坐贬还家。葺归来园，自号归来子。卒于泗州。年五十八。著有《鸡肋集》七十卷。

　　茅檐明月夜萧萧，残雪晶荧在柳条。独约城隅闲李令，
一杯山芋校《离骚》。(《约李令》)

　　杖屦清晨往，缥囊薄暮归。闲官厅事冷，蝴蝶上阶飞。
(《国子监暮归》)

补之的诗颇具幽婉之趣。胡仔《苕溪渔隐丛话》称晁诗，
谓"古乐府是其所长，辞格俊逸可喜"。其所作古律诗共得
六百三十二篇。

　　文同，同字与可，梓州梓潼人。苏轼之中表兄弟也。自
号笑笑先生。工书画，善诗文。文彦博称其襟韵洒落，如晴
云秋月，尘埃不到。同自谓亦有四绝：诗一，《楚辞》二，草
书三，画四。且云：世无知我者，惟子瞻一见，识吾妙处。
苏门亦严重之，不与秦、张辈同列。苏轼出为杭州通判时，
同曾劝以"西湖虽好莫吟诗"之句，轼不能听，致有黄州之
谪。《一瓢诗话》云"东坡才胜文与可，与可识过苏东坡"，
盖指此也。其诗《宋诗钞》称为清苍萧散，无俗学补缀气，
有孟襄阳、韦苏州之致。

　　篱巷接菰蒲，闲扉掩自娱。水虫行插岸，林鸟过提壶。
白浪摇秋艇，青烟盖晚厨。主人夸野饭，为我煮新芦。(《过
友人溪居》)

　　晚策倚危榭，群峰天际横。云阴下斜谷，雨势落襄城。
远渡孤烟起，前村夕照明。遥怀寄新月，又见一棱生。(《凝
云榭晚兴》)

　　断云一片洞庭帆，玉破鲈鱼霜破柑。好作新诗寄桑苎，
垂虹秋色满东南。(《吴江垂虹亭作》)①

---

① 　该诗为米芾作，作者误为文同诗。——编者注

与可仕至太常博士集贤校理，著有《丹渊集》四十卷。

苏辙，辙字子由，眉山人，轼之胞弟。晚居颍滨，自号颍滨遗老。有《栾城集》八十四卷。宋人称其诗"温雅高妙，如佳人独立，姿态易见"。例如：

> 秋来东阁凉如水，客去山公醉似泥。困卧北窗呼不醒，风吹松竹雨凄凄。(《逍遥堂》)

子由文誉甚高，而诗词则不甚可诵，犹之曾巩。虽然张耒诗有云"长公波涛万顷海，少公峭拔千寻衣"，这最好是称子由的文章，他的诗真当不起如此的奖饰。

此外的苏门诗人，如黄庭坚、陈师道，则因另主江西诗派，别著专章；李荐则详《诗人补志》。

第十章

北宋诗坛的四大权威（四）黄庭坚

黄庭坚是被尊为江西诗派领袖的诗人。

庭坚字鲁直，洪州分宁人（公元一〇四五年至一一〇五年）。尝游灊皖山谷寺石牛洞，乐其林泉之胜，因自号山谷道人。过涪，又号涪翁。苏轼初见其诗文，便异常激赏，以为"超轶绝尘，独立万世之表，世久无此作"，由是声名始震。后以直言敢谏，屡遭贬徙。他生平在政治上也要算是失意里面的一个。但因此却使他肆全力于文艺的创造。他不仅能文能诗，而且善各种书法。可是最擅长的是在诗歌一方面。他自己尝说："庭坚心醉于诗与《楚辞》，似若有得，然终在古人后。至于论议文字，今日乃当付之少游及晁、张、无己。"（《与秦少章书》）这隐隐里是说文章且让他们去争雄，诗歌便要由我独霸了。

山谷本是苏门的诗人，诗与苏轼、陈师道齐名，在当时号称"元祐体"，又号"苏、黄"，又号"黄、陈"。但后来山谷的诗誉日隆，被尊为江西宗派的领袖以后，便独霸诗坛的权威了。

《江西诗派小序》云："国初诗人，如潘阆、魏野，规规晚唐格调，寸步不敢走作。杨、刘则又专为西昆体，故优人有捋扯义山之诮。苏、梅二子，稍变以平淡豪俊，而和之者尚寡。至六一、坡公，巍然为大家数，学者宗焉。然二公亦各极其天才笔力之所至而已，非必锻炼勤苦而成也。豫章稍后出，会萃百家句律之长，究极历代体制之变，搜猎奇书，穿穴异闻，作为古律，自成一家。虽只字半句不轻出，遂为本朝诗家宗祖。"

《沧浪诗话》云："至东坡、山谷始自出己意以为诗，唐人之风变矣。山谷用工，尤为深刻。其后法席盛行海内，称为江西宗派。"

我们对于这位创造了一种诗派，影响于后数百年诗坛极巨的诗人，自然不能不加以详细的论列，以下便分五段文字来研究他的诗。

（一）山谷诗的来源　虽然这样说，苏、黄自出己意以为诗，但黄山谷诗里面的创造性实在没有苏轼诗的创造性强烈。因为山谷本不是天才超绝的作家，他的诗是专凭学力养成的，所以受古文艺的影响很深。第一个给影响于山谷的是陶渊明。山谷云：渊明于诗，直寄焉耳。因为山谷诗最远的渊源是渊明，所以竟有人说陶渊明是江西派之祖。

第二个给影响于山谷诗的要说是杜甫。陈师道谓其诗得法杜甫，他自己也说专摹少陵。《岁寒堂诗话》谓："鲁直自以力入子美之室，若《中兴碑诗》，则真可谓入子美之室矣。"但是《岁寒堂诗话》的作者接着又否认自己的话，而谓山谷并未得着子美的神髓：

> 往在桐庐见吕舍人居仁，余问：鲁直得子美之髓乎？居仁曰：然。其佳处焉在？居仁曰：禅家所谓死蛇弄得活。余曰：活则活矣，如子美"不见旻公三十年，封书寄与泪潺湲。

旧来好事今能否？老去新诗谁与传？"此等句鲁直少日能之。
"方丈涉海费时节，元圃寻河知有无。桃源人家易制度，橘
州田土仍膏腴"，此等句鲁直晚年能之。至于子美《客从南溟
来》《朝行青泥上》《壮游》《北征》，鲁直能到乎？……居仁
沉吟久之曰：子美诗有可学者，有不可学者。余曰：然则未
可谓之得髓矣。

沈德潜也说："江西派，黄鲁直太生，陈无己太直，皆学杜而
未哜其炙者。"李重华更忿忿地说："谓江西诗祖，追配杜陵
者妄也。"他们且不管黄山谷之是否得子美的神髓，但杜子美
已经给了山谷诗深深的影响，总是不可否认的事实。

　　第三个给影响于山谷诗的要算是韩愈。《四库全书提要》
云："江西诗派奉庭坚为初祖，而庭坚之学韩愈，实自庶始
之。"黄庶，山谷之父也。山谷自己也说："诗正欲如此作，
其未至者，探经术未深，读老杜、李白、韩退之诗不熟耳。"
（《与徐师川书》）

　　此外王安石也曾感化山谷的诗。山谷云："余从半山老人
得古诗句法云：春风取花去，酬我以清阴。"（《观林诗话》）

　　至于苏轼，似乎与黄诗无甚渊源，虽然他俩号称"苏黄"
而且相交很久。山谷也不甚珍视苏诗，他说："世有文章名一
世，而诗不逮古人者，殆苏之谓也。"（《麓堂诗话》）盖二人
才气迥不相侔，故相成之关系甚浅。

　　（二）山谷诗的锻炼　仅仅接受古作家的影响，决不能
创立自己的作风，也决不能成功一个伟大的作人。经过了辛
苦的锻炼以后的山谷诗，才被称为"山谷体"，才创立特有
的作风。山谷锻炼自己的诗，是由辛苦的吟咏中得来。叶梦
得《避暑录话》载黄元明之言曰："鲁直旧有诗千余篇，中岁
焚三之二，存者无几，故名《焦尾集》。其后稍自喜，以为可
传，故复名《敝帚集》。"由此可见山谷作诗的力求进步不已。

其诗云："十度欲言九度休，万人丛中一人晓。"这便完全在苦吟中锻炼自己的诗了。山谷的诗因为以学力致，所以很爱在细微的地方推敲。有时或得一句，而终无好对；或得一联，而卒不能成篇；或偶有得，而未知可以赠谁。他的论诗，有"夺胎换骨，点铁成金"的譬喻，所以也和王安石一样爱袭取古人诗，随便举几个例子如下：

（1）山谷绝句云：草色青青柳色黄，桃花零乱杏花香。春风不解吹愁去，春日偏能惹恨长。此出于唐人贾至诗：桃花历乱李花香，又不吹愁惹恨长。仅改五字。（《诚斋诗话》）

（2）山谷诗：五更归梦三千里，一日思亲十二时。此出于唐人朱昼诗：一别一千日，一日十二忆。苦心无闲时，今日见玉色。（《优古堂诗话》）

（3）山谷诗：平山行乐自不思，岂有竹西歌吹愁。出杜牧之诗：谁知竹西路，歌吹是扬州。（《艇斋诗话》）

（4）山谷诗：胸中五色线，补衮用工深。出杜牧之诗：平生五色线，愿补舜衣裳。（《艇斋诗话》）

（5）山谷诗：人家围橘柚，秋色老梧桐。出李白诗：人烟寒橘柚，秋色老梧桐。（《艺苑卮言》）

山谷自许其诗点铁成金，但王世贞则讥其点金成铁。在我们看来，也觉得这样任意割裂古人的句子，纵使极工，也不能算是黄山谷的好诗，不过由此可以知道山谷诗的爱雕琢罢了。

（三）山谷诗的特色　山谷诗最大的一个特色，就是"生涩瘦硬，奇僻拗拙"。本来这种务为奇僻的作品，在唐诗里面便已经有了。杜甫诗云："病中吾见弟，书到汝为人。世人皆欲杀，吾意独怜才。诗应有神助，吾得及春游。拭泪沾襟血，梳头满面丝。"张籍诗云："开门起无力，遥爱鸡犬行。此地动归思，逢人方倦游。"卢延让诗云："两三条电欲为雨，七八个星犹在天。高僧解语牙无水，老鹤能飞骨有风。"这种诗虽异常拗拙，但在唐人则不过偶一为之。到了黄山谷便专学这一体，而且以此造成一派的特色，虽说是对西昆体的反动，却未免矫枉过正了。《岁寒堂诗话》云："山谷只知奇语之为诗，而不知常语亦诗也。"此语很能道中山谷诗的毛病。此外批评山谷诗奇僻的，还有几种不同的说法：

《庚溪诗话》："至山谷之诗，清新奇峭，颇造前人未尝道处。自为一家，此其妙也。至古体诗，不拘声律，间有歇后语，亦清新奇峭之极也。"

《临汉隐居诗话》："黄庭坚作诗得名，好用南朝人语，专求古人未使之事。又一二奇字，缀茸而成诗。自以为工，其实所见之僻也。故句虽新奇，而气乏浑厚。"

《滹南诗话》："山谷《牧牛图诗》自谓平生极至语，是固佳矣。然亦有何意味。黄诗大率如此，谓之奇峭。而畏人说破，元无一事。"

这种奇峭瘦硬的毛病，在山谷虽有之而不甚显露，到了江西诗派的末流，便至于拗捩之极而不能卒读了。

（四）山谷诗的一瞥　山谷少年时代的诗还嫌造诣未深，所以山谷后来尽焚其稿，中年以后的诗，风调便迥然不同以前了。论者称其"自黔州以后，句法尤高，实天下之奇作。自宋兴以来，一人而已"。这样的批评自不免过誉，但于此可想见山谷诗在当代之被珍贵。他的古诗很有点幽咽豪迈之气：

人间风月不到处，天上玉堂森宝书。想见东坡旧居士，挥毫百斛写明珠。我家江南摘云腴，落硙霏霏雪不如。为公唤起黄州梦，独载扁舟向五湖。（《双井茶送子瞻》）

狂卒猝起金坑西，胁从数百马百蹄。所过州县不敢谁，肩舆虏载三十妻。伍生有胆无智略，谓河可凭虎可搏。身膏白刃浮屠前，此乡父老至今怜。（《题莲华寺》）

系匏两相忆，极目十余城。积潦干斗极，山河皆夜明。

白璧按剑起，朱弦流水声。乖逢四时尔，木石了无情。(《次韵刘景文登邺王台见思》)

山谷的律诗也有很工的，例如：

海南海北梦不到，会合乃非人力能。地褊未堪长袖舞，夜寒空对短檠灯。相看鬓发时窥镜，曾共诗书更曲肱。作个生涯终未是，故山松长到天藤。(《次韵几复和答所寄》)

人人都屈伏于山谷的古诗律诗底下，而忘却了山谷的绝句。甚至于有人说绝句乃山谷诗之玷。这实在是一个很大的错误。被许多人忽视的山谷的绝句，或者竟是山谷的代表作，还要高出古诗律诗一筹，也未可知。

四顾山光接水光，凭栏十里芰荷香。清风明月无人管，并作南楼一味凉。(《鄂州南楼书事》)

满川风雨独凭栏，绾结湘娥十二鬟。可惜不当湖水面，银山堆里看青山。(《雨去岳阳楼望君山》)

闻君寺后野梅发，香蜜染成官样黄。不拟折来遮老眼，欲知春色到池塘。(《从张仲谋乞蜡梅》)

山色江声相与清，卷帘待得月华生。可怜一曲并船笛，说尽故人离别情。(《奉答李和甫代简》)

梅蕊触人意，冒寒开雪花。遥怜水风晚，片片点汀沙。(《题画》)

山谷的绝句，能够脱下古典的衣裳，也不用拗捩的字句，成为清新活跃的抒情小诗，哪里是那种怪僻生涩的古典诗所能够比拟？我们说是山谷诗的代表作，谁曰不宜？

（五）山谷论诗及其批评　山谷为一代诗的宗祖，其论诗的见解，自然很有影响于当代及后人，这也是我们不应该忽视的。

　　《蠖斋诗话》：山谷言近世少年，不肯深治经史，徒取给于诗，故致远则泥。

　　陈日华《诗话》：黄庭坚教人学诗先读经。不识经者，则不识是非，不知轻重，何以为诗？

　　《韵语阳秋》：山谷黄鲁直谓后山陈无己云：学诗如学道，此岂寻常雕章绘句者之可拟哉。

　　什么"治经史也""识经旨也""学道也"，这原来就是山谷学诗的不二法门。在他的《与徐师川书》，也说诗的造诣不高，是由于探经术未深的缘故。因为山谷有这种诗应取法乎经的主张，所以攻击山谷诗的人，也惯拿经旨来作攻击的凭据。《岁寒堂诗话》云：

　　孔子曰：诗三百，一言以蔽之，曰"思无邪"。……国朝黄鲁直乃邪思之尤者。鲁直虽不多说妇人，然其韵度矜持，冶容太甚，读之足以荡人心魄。此正所谓邪思也。

《升庵诗话》也有类似的批评：

　　黄山谷诗，可嗤鄙处甚多。其尤无义理者，莫如"双鬟女弟如桃李，早年归我第二雏"之句，称子妇之颜色于诗句，以赠其兄，何哉？朱文公谓其多信笔乱道，宜矣。

用道德礼教的眼光来批评诗歌，本无理由，但黄山谷不好好去创作自己的诗，硬要以经史之法，来绳诗歌，发出那样酸腐的见解，怪不得人家要"以子之矛，攻子之盾"了。

第十一章

江西诗派

什么叫作江西诗派呢？这是我们要首先解答的一个问题。

江西诗派，或称"江西宗派"，或简称"江西派"，又有称"西江派"者（如《说诗晬语》诸书，都有称西江派者，疑传刻之误）。当着苏轼、黄庭坚的时代，本无所谓宗派之说，更无所谓江西诗派。最初创立江西诗派这个名目的，始于吕居仁。虽然张泰来说："大抵宗派一说，其由来已久，实不昉自吕公也。严沧浪论诗体，始于风雅。建安而后，体固不一。逮宋有元祐体江西体。注云：元祐体即江西派。乃黄山谷、苏东坡、陈后山、刘后村、戴石屏之诗。是诸家已开风气之先矣。"但是这却不是我们所要说的江西派，我们所要说的江西诗派的意义，乃是指吕居仁所作《江西诗社宗派图》里面所说江西诗派。居仁以诗著名，自言衣钵传自江西，作《宗派图》，自黄山谷而下，列陈师道、潘大临、谢逸、洪朋、洪刍、饶节、祖可、徐俯、林敏修、洪炎、汪革、李锗、韩驹、李彭、晁冲之、江端本、扬符、谢薖、夏倪、林敏公、潘大观、王直方、善权、高荷，共二十五人，号为江西诗社。（按《苕溪渔隐丛话》，有何颙而无高荷，且列洪朋于徐俯之后;《豫章志》有高荷、何颙,而无何颛;《小学绀珠》则多一吕本中,合二十六人,各书略有出入不同。)

这便是文学史上所宣称的江西诗派的由来。

凡是一个诗派的成立,必有几个共同的色彩,来表现这个诗派的特色;否则,几十个毫无关系的诗人,纵使聚集起来,也只能说是几个诗人,决不能说是诗派。如其我们用这种眼光,来分析江西诗社的《宗派图》,原来,他们也只是二十几个诗人,不配说是诗派,更不配说是江西诗派。何以呢?我们的解答是:

第一,诗人的籍贯不同:诗派而以江西名,我们以为那些作者至少都是江西人,才配叫作"江西"诗派。实则不然:据刘克庄《江西诗派小序》说:"派中如陈后山彭城人,韩子苍陵阳人,潘邠老黄州人,夏均父、二林蕲人,晁叔用、江子之开封人,李商老南康人,祖可京口人,高子勉京西人,非皆江西人也。"在这二十五人的诗社里面,据我们所知,已有半数不是江西人了。所以很有人据此以非难所谓江西诗派之说。但杨万里却出来替江西诗派作解释:

> 江西宗派诗者,师江西也,人非皆江西也。(《江西宗派诗序》)

果然,江西派的诗人都是师江西吗?

第二,诗人的师法不同:江西宗派既尊黄山谷为领袖,所谓师江西者,自然是师黄山谷。但是,他们的师法却很不相同。《江西诗社宗派图录》云:"今图中所载,或师老杜或师储韦,或师二苏,师承非一家也。"《小序》题韩子苍也称其:"学出苏氏,与豫章不相接。吕公强之入社,子苍殊不乐。"子苍也说:"我自学古人。"即此可见他们的师承也并不一致，所谓"师江西"的话也说不通了。

第三，诗歌的风格不同：各人既有各人的师承，其诗的风格自然也迥异了。即替江西诗派保镖的杨万里，也知各人的风格不同是掩饰不住的，他说："高子勉不似二谢，二谢不似三洪，三洪不似徐师川，师川不似陈后山，而况似山谷乎？"《宗派图录》也说："朱考亭云：江西之诗，自山谷一变，至杨廷秀又再变，以斯知一代之诗，未有不变者也，独江西宗派云乎？"这虽是拿"未有不变"来替江西派掩饰，但可知江西派诗有几种不同的风气，并没有相同的诗格了。

第四，诗人的文誉不同：在表面上好像诗人济济的江西诗派，都是负文坛的美誉的，以盛名造成这个江西诗派。究其实也不尽然。除了他们的领袖黄山谷和陈师道诗誉很高，晁冲之、韩驹略有诗名外，其余便都是碌碌无闻之辈了。有姓名而无诗的有何颙、潘大观；无诗可采的又有王直方及其他，可见所谓江西诗派也者，完全是个虚名，并不足以名世。

然则江西诗派的特点究何在呢？

江西诗派好的特点实在是没有，坏的特点倒有了一个，就是学着黄山谷的"生涩瘦硬，奇僻拗拙"而变本加厉。所以江西派的末流，诗都不能卒读。到南宋时，便引起许多诗人的嫉视与反对了。元遗山《论诗》云"论诗宁下涪翁拜，未作江西社里人"，可见江西派不过借黄山谷的诗名以标榜，其实却不是"山谷体"的诗了。

本来，吕居仁作《宗派图》，乃是一时高兴的文章，并没有什么精辟的见地，其中疏漏也很多。《宗派图录》云："考绍兴初，晁仲石尝与范顾言曾裘父同学诗于居仁；后湖居士苏养直歌诗清腴，盖江西之派别；坡公谓秦少章句法本黄子；夏均父亦称张彦实诗出江西诸人；范元实曾从山谷学论；山谷又有赠晁无咎诗，执持荆山玉，要我雕琢之。彼数之者，宗派既同，而不得与于后山之列，何也？"《小序》也说："同时如曾文清乃赣人，又与紫微公以诗往还，而不入派，不知紫微去取之意云何？"这两种质问决不是吕居仁所能答复的。

按上所述：不是宗山谷的，居仁强之入派；宗山谷的，居仁又却之诗派之外，《宗派图》之作，可谓疏漏之甚。吕居仁自己也说是少年戏作，不足以示人。却不料脱稿后，传诵一时，竟成为文学史上之专门名词，这恐怕不是作者初料所及吧。

闭门觅句陈无己，对客挥毫秦少游。

这两句诗是黄山谷作的，无己是陈师道的字（师道又字履常，彭城人。官至秘书省正字。卒年四十九。公元一〇五三年至一一〇二年）。由此便可以看出师道作诗的用功。据我们所知，陈师道在宋代实在是第一个讲究苦吟的诗人。《石林诗话》载："世言陈无己每登临得句，即急归卧一榻，以被蒙之，谓之吟榻。家人知之，即猫犬皆逐去，婴儿稚子，亦皆抱持寄邻家。"这样骇人听闻的作诗的癖性，诚然令人发噱，然亦可见其作诗的专心致志了。他不仅作诗时这样艰苦，诗成功后的去取也极严峻。史称其小不中意，辄焚去。因此，凭陈师道几十年的努力，仅仅保留下来七百六十五篇诗。不过这七百多篇诗都是诗人呕心挖血的作物。

师道初受业于曾巩之门，后又学诗于黄庭坚。庭坚则称其作诗，深得老杜之句法，今之诗人，莫能当也。可知师道的诗，亦非全出自黄庭坚的藩篱。《四库提要》论陈诗，谓"绝句不如古诗，古诗不如律诗，律诗则七言不如五言"。我们现在且举师道的几首五律来作例吧：

绕舍苔衣积，倚墙梨颊红。地平宜落日，野旷自多风。禹迹千年后，家山一顾中。未休嗤土偶，已复逐飘蓬。(《家山晚立》)

山开两岸柳，水绕数家村。地势倾崖口，风涛啮石根。平林霜着色，沙岸水留痕。剩寄还乡泣，难招去国魂。(《野望》)

绿暗连村柳，红明委地花。画梁初着燕，废沼已鸣蛙。鸥没轻春水，舟横着浅沙。相逢千岁语，犹说一枝花。(《登燕子楼》)

山断开平野，河回杀急流。登临须向夕，风雨更宜秋。急急后飞雁，翩翩不下鸥。晚舟犹小待，暮雀已深投。(《秋怀》)

大约绝句以自然为美，律诗以雕琢为工，这是中国诗歌史上的一个大原则，如杜甫、韩愈很讲究诗法，他们的绝句便不美；李白、王昌龄喜欢着快笔，他们的律诗便不工。陈师道作诗，一味苦吟而成，其成功自在讲求对仗韵律的律诗方面。他拿作律诗的方法来作绝句，当然是作不来。如其我们要说也许有例外，那也只能到他的五绝里面去找：

过雨作秋清，归云放月明。入帘摇竹影，塞耳落洪声。(《夜句》)

老树仍孤秀，秋蟾只独明。何须夜来雨，却听枕前声。(其二)

短短长长柳，三三五五星。断云当极目，不尽远峰青。(其三)

陈师道也和黄山谷一样喜欢敲诗。而敲诗的结果又都失败了。关于这一点，王世贞曾经很细密地把陈师道的诗指摘出来。其言曰："有点金成铁者：少陵有句云'昨夜月同行'，陈无己则云'勤勤有月与同归'；少陵云'暗飞萤自照'，陈则曰'飞萤元失照'；少陵云'文章千古事'，陈则云'文章平日事'；少陵云'乾坤一腐儒'，陈则云'乾坤着腐儒'；少陵云'寒花只自香'，陈则云'寒花只白香'，一览可见。"(《艺苑卮言》)倘若说陈师道的学老杜，是专从这些方面着手，那么，《艺苑卮言》已经证明陈诗完全失却杜诗的好处了。

这种喜欢敲诗的毛病，是陈师道与黄山谷及其江西派的诗人所共有的。

后人批评陈诗者，每多夸饰。如《麓堂诗话》谓"陈无己诗，绰有古意，兴致蔼然"；《后山集跋》则称其"雄健清劲，幽邃雅淡，有一尘不染之气"。这都是值得参考的批评。

往下，我们继续将其余的江西派诗人，加以简单的介绍：

潘大临 字邠老，黄冈人。善属文，尤擅作诗。自云师法杜甫，殊不甚似，盖其高自标榜也。曾与东坡、山谷、文潜诸人游，其诗实得句法于东坡。放翁跋云："邠老诗妙天下。"又善书。其为人风度恬适，殊有尘外之韵。诗亦如其人："荻花索索水津津，日落空山开霁新。松下有人摩诘似，与渠烟火作比邻。"(《题张圣言画》)又尝作"满城风雨近重阳"一句，终无对语。

谢逸 字无逸，临川人。平生不喜对书生，多从衲子游，以布衣终其身。博学能文，尤擅诗词。吕紫微评其诗似谢康乐，刘克庄则称其轻快有余，而欠工致。诗如："蒲芽荇带绕清池，锦缆牵船水拍堤。好是寒烟疏雨里，远峰青处子规啼。""门前杨柳暗沙汀，雨湿东风未放晴。点点落花春事晚，青青芳草暮愁生。"(《晚春》)有《溪堂集》。

谢薖 字幼槃，逸之弟也。自号竹友，不仕。以诗文媲美其兄，时称二谢。吕紫微拟之于谢元晖，亦不甚似。其诗可以《戏咏石榴晚开》为例："靡靡江蓠只唤愁，眼前何物可忘忧。楝花净尽绿阴满，才见一枝安石榴。"又如："踏遍江南岸，归来试解衣。谁言物外赏，不与笔端违。石带苍苔瘦，风凋折苇稀。令人清兴发，欲问钓鱼矶。"（《题于逢辰画》）有《竹友集》。

洪朋　字龟父，豫章人，山谷之甥也。举郡试第一。山谷极赞其诗句甚壮，例如："净尽西山日，深行城北村。琅珰鸣佛屋，薜荔上僧垣。时雨慰枵腹，夕风清病魂。所思渺江水，谁与共忘言。"《独步怀元中》）

洪刍　字驹父，朋次弟也。举进士，才气笔力，超迈乃兄。但恃才而傲，颇以诗酒废吏事。官至谏议大夫，坐贬沙门，卒于海岛中。诗如："朝踏红尘暮宿云，往来车马漫纷纷。猴溪桥下潺湲水，唯有峰头石耳闻。"（《石耳峰》）

洪炎　字玉父，刍之弟也。与朋、刍齐名，号称三洪。元祐末登第，官至著作秘书少监。诗如："桃花浪打散花楼，南浦西山送客愁。为理伊州十二叠，缓歌声里看洪州。"（《绝句》）

饶节　字德操，临川人。其人夙有大志，不达。乃纵酒自晦，往往数日不醒。醉时每登屋，危坐浩歌，恸哭达旦乃下。又尝醉赴汴水，遇救获免。其狂放有若此者。其诗甚萧散，词句高妙。晚年精通禅道，其赠紫微有"好贷夜窗三十刻，胡床趺坐究幡风"之句。自号倚松道人。

祖可　字正平，丹阳人。住庐山，与善权同学诗，骨气高迈，有《东溪集》。诗如："淡巃嵸烟雨色，老槎牙霜霰痕。想见湘岑落木，雾连江月昏昏。"（《书性之所藏伯时木石屏》）

善权　权诗名不及祖可，而自负甚高。诗如："著鞭已惊南渡，举扇仍避西风。耿介独余此老，隤然醉卧孤篷。"（《奉题性之所藏李伯时画渊明泛舟》）

徐俯　字师川，分宁人，山谷之甥。其为人磊落不群，英才苕发，高宗笃爱其文，日置其手书日记于御案。官至端明殿学士，签书枢密院事，权参知政事。所著有《东湖集》。诗如："江汉逾千里，阴晴自一川。故山黄叶下，梦境白鸥前。巫峡常云雨，香炉旧紫烟。布帆无恙在，速上泛湖船。"（《次韵可师题于逢辰画山水》）又如："双飞燕子几时回？夹岸桃花蘸水开。春雨断桥人不渡，小舟撑出柳阴来。"（《春日游湖上》）

林敏功　字子仁，蕲春人。年十六岁时，乡荐下第，即叹曰轩冕富贵，非吾愿也。杜门不出者三十年，屡征不起，赐号高隐处士。其诗可以《春日有怀》为例："风高收雨急，日薄过窗微。梅蕊初迎腊，春溪欲染衣。形容今日是，游衍昔人非。节物关愁绪，归鸿正北飞。"

林敏修　字子来，敏功之弟也。二林俱以诗文相高，所作凡千余篇，号《松坡集》。其诗如："明窗十日复五日，出此湖光与山色。前身画师语不妄，文侯乃是金门客。乍从云际辨远岫，争数乔林夸眼力。波漂菰米岁事空，水滨枉下南飞鸿。欲投晓渡唤舟子，急桨已入昏烟中。径思天边问归路，错认江乡旧洲渚。能传万里在尺素，豪夺应防卷寒雨。"（《题文湖洲作山水横轴》）

汪革　字信民，临川人。试礼部第一，分教长沙。著有《清溪类稿》及《诗话》。工于为文，曾代荧阳公作《张子厚哀词》，脍炙一时。诗尤警拔，例如："问讯江南谢康乐，溪堂春水想扶疏。高谈何日看挥麈，安步从来可当车。但得丹霞访庞老，何须狗监荐相如。新年更励於陵节，妻子同锄五亩蔬。"（《寄谢无逸》）

李彭　字商老，南康军建昌人。甚精释典，被称为佛门诗史。其所作均富赡宏博，例如："山雨萧萧作快晴，郊园物物近清明。花如解语迎人笑，草不知名随意生。晚节渐于

春事懒，病躯却怕酒壶倾。睡余苦忆旧交友，应在日边听晓莺。"（《春日怀秦髯》）

韩驹　字子苍，蜀之仙井监人。官至秘书省正字。早岁以诗擅天下，苏轼比之于储光羲，又受知于黄山谷。其作诗甚推敲，有数年后尚追改者。著有《陵阳诗》，例如："县郭连青竹，人家蔽绿萝。地偏春事少，山回夕阳多。暗水披崖出，轻船掠岸过。传呼细扶柂，吾老怯风波。"（《泰兴道中》）

晁冲之　字叔用，一字用道，巨野人。授承务郎，以诗擅名，有《具茨集》。例如："涧道垂黄花，山城拥红叶。人争小舟渡，马就平沙涉。"（《龙兴道中》）又如："云埋凤林寺，浪打鹿门山。今日江风恶，郎船劝不还。"（《与秦少章题凤关远帆》）冲之独具诗格，盖江西派中之白眉，吕居仁称"众人方学山谷，叔用独专学老杜"，奖饰之意显然。

夏倪　字均父，蕲州人。自府曹左官祁阳监酒。文词富丽，尤工于诗。例如："朴藂复朴藂，何以栋我屋。风雨莫轻摇，南山无老木。"（《和山谷诗》）刘克庄尤称其律诗：言近旨远，可以讽味。

王直方　字立之，南州人。补承奉郎。曾著《立之诗话》。山谷称其诗以韵胜，例如："纷纷红紫虽无韵，映带园林正要渠。谁遣一枝香最胜，故应有客问何如。"（《蜡梅》）

高荷　字子勉，荆南人。元祐太学生，官兰州通判。黄山谷尝跋其诗云："子勉作诗，以老杜为标准，用一字如军中之令，置一字如关门之键，而充之以博学，行之以温恭，盖天下士也。"诗如："少熔蜡泪装应似，多爇龙涎臭不如。只恐春风有机事，夜来开破几丸书。"（《蜡梅》）

李錞　字希声，官至秘书丞。诗如："九江应共五湖连，尺素能开万里天。山杏野桃零落处，分明寒食晓风前。"（《题宗室公震四时景》）

江端友　字子我，陈留人。官至太常少卿。有《七里先生自然庵集》。诗如："万里江河隔，伤心九日来。蓬惊秋日后，菊换故园开。楚欲图周鼎，汤犹系夏台。东篱那一醉，尘爵耻虚罍。"（按这首《九日》诗，或云江端友所作。端本字子之，乃子我之弟也。其诗不传。）

潘大观　字仲达，大临之弟。黄山谷诵其五言句，觉翰墨之气如虹。

扬符　字信祖，著有诗集。有"吏道官官恶，田家事事贤"之句。

第十二章

北宋诗人补志

徐铉　铉字鼎臣，会稽人。初仕南唐，后归宋为检校工部尚书。精通小学。诗学白乐天，有《骑省集》。诗如："垂杨界官道，茅屋倚高坡。月下春塘水，风中牧竖歌。折花闲立久，对酒远情多。今夜孤亭梦，悠扬奈尔何！"（《寒食宿陈公塘》上）又如："清商一曲远人行，桃叶津头月正明。此是开元太平曲，莫教偏作别离声。"（《又听霓裳羽衣曲送陈君》）铉文思敏速，冯延巳称其诗："率意而成，自造精绝。"

梁周翰　周翰字元褒，郑州管城人。十岁能属文词。官至工部侍郎。卒年八十一，有集五十卷。文名甚藉，诗不甚工，盖因习五代衰飒之风，故不能读也。《玉壶清话》载其曾有"百花将尽牡丹坼，十雨初晴太液春"之句，脍炙一时。

李九龄　九龄洛阳人，乾德五年进士第一。工诗。例如："悠悠信马春山曲，芳草和烟铺嫩绿。正被离愁著莫人，那堪更过相思谷。"（《过相思谷》）又如："点点渔灯照浪清，水烟疏碧月胧明。小滩惊起鸳鸯处，一只采莲船过声。"（《荆溪夜泊》）这都可以说是九龄的代表作。

杨徽之　徽之字仲猷，浦城人。其诗极受太宗的赏识，梁周翰曾有"谁似金华杨学士，十联诗在御屏间"的艳羡语。其诗也和周翰一样传染五代风气。例如："傍桥吟望汉阳城，山遍楼台彻上层。犬吠竹篱沽酒客，鹤随苔岸洗水僧。疏钟未彻闻寒漏，斜月初沉见远灯。夜静邻船问行计，晓帆相与向巴陵。"（《汉阳吟树》）

吕蒙正　蒙正字圣功，河南人。诗亦有名，但不甚工，例如："入滩风急浪花飞，手把鱼竿傍钓矶。自是钩头香饵别，此心终待得鱼归。"（《读书龙门山土室作》）这已经很有点理学诗的风味了。

陈尧佐　尧佐字希元，阆中人，官至同中书门下平章事。其诗如《吴江》："平波渺渺烟苍苍，菰蒲才熟杨柳黄。扁舟系岸不忍去，秋风斜日鲈鱼乡。"尧佐的绝句，好的实在不少，又如："苕溪清浅雪溪斜，碧玉光寒照万家。谁向月明中夜听，洞庭渔笛隔芦花。"（《湖州碧澜堂》）

潘阆　阆大名人，自号逍遥子。太宗时召对，赐进士第。诗效晚唐，间有五代粗犷之习。诗名甚藉，苏轼尝称其《夏日宿西禅诗》，又称其《题资福院石井》诗，不在石曼卿、苏子美之下。刘攽《中山诗话》称其《岁暮自桐庐归钱塘》诗不减刘长卿。其诗云："久客见华发，孤棹桐庐归。新月无朗照，落日有余晖。渔浦风水急，龙山烟火微。时闻沙上雁，一一皆南飞。"阆与当时文人如王禹偁、林逋、宋白诸君，均有酬答。元之曾赠以诗云："江城卖药常将鹤，古寺看碑不下驴。"其为名公所激赏如此。他的七绝也很好："绕寺千千万万峰，满天风雪打杉松。地炉火暖黄昏睡，更有何人似我慵。"（《宿灵隐寺》）

寇准　准字平仲，华州下邽人。累官中书侍郎，同中书门下平章事，被称为一代名相。著有《寇忠愍公诗集》三卷。《四库提要》称："准以风节著于时，其诗乃含思凄婉，绰有晚唐之致。然骨韵特高，终非凡艳可比。"诗如《春日登楼怀归》："高楼聊引望，杳杳一川平。野水无人渡，孤舟尽日横。荒村生断霭，古寺语流莺。旧业遥清渭，沉思忽自惊。"又如《春雨》："散乱萦花坞，空蒙暗柳堤。望回肠已断，何处更莺啼！"

魏野　野字仲先，陕县人。居陕之东郊，架草堂，有水竹之胜。无贵贱皆白衣纱帽见之。出跨白驴，好弹琴赋诗，号草堂居士。诗如："寻真误入蓬莱岛，香风不动松花老。采芝何处未归来，白云满地无人扫。"（《寻隐者不遇》）

张咏　咏字复之，濮州鄄城人。官至礼部尚书。其诗列名西昆体中。曾著《声赋》一首，梁周翰叹为一百年不见此作。有《垂崖集》。诗如："年来流水坏平田，客径穷愁自可怜。汀苇乱摇寒夜雨，沙鸥闲弄夕阳天。狂嫌浊酒难成醉，冷笑清诗不值钱。碧落故人知我否，几回相忆上渔船。"（《郊居寄朝中知己》）

赵湘　湘字叔灵，原籍京兆，徙家于衢，遂为西安人。曾官庐州。其诗散佚殆尽，《四库提要》著录湘有《南阳集》六卷，并称其诗："大抵运意清新，而风骨不失苍秀，虽源出姚合，实与雕镂琐碎，务趋僻涩者迥殊。"我们虽然很少机会读到赵湘的诗，由这几句话，也很可以明了他诗的风格了。

晏殊　殊字同叔，临川人。七岁善属文。真宗召见，与进士并试，授笔立成，赐同进士出身。官拜集贤殿学士，同中书门下平章事兼枢密使。范仲淹、欧阳修皆出其门。卒谥元献，有文集四十卷。诗如："油壁香车不再逢，峡云无迹任西东。梨花院落溶溶月，柳絮池塘淡淡风。几日寂寥伤酒后，一番萧索禁烟中。鱼书欲寄何由达，水远山长处处同。"（《寓意》）此外还有一首《七夕》的描写也很好："百子池深涨绿苔，九光灯回照浮埃。天孙宝驾何年驻？阿母飙轮此夜来。

空外粉筵和雾湿，静中珠幌彻明开。秋河不断长相望，岂独人间事可哀！”

　　张先　先字子野，乌程人。天圣八年进士，官至都官郎中，有《安陆集》。他虽是一词人，诗也很好，苏轼跋其诗说：“子野诗笔老妙，歌词乃其余技耳。”叶梦得也说：“俚俗多喜咏先乐府，遂掩其诗声。”实在张先的律诗与乐府都很能作，不过篇幅散佚太甚，我们难窥全豹罢了。诗如：“积水涵虚上下清，几家门静岸痕平。浮萍破处见山影，小艇归时闻草声。入郭僧寻尘里去，过桥人似鉴中行。已凭暂雨添秋色，莫放修芦碍月生。”（《题西溪无相院》）

　　蒋堂　堂字希鲁，宜兴人。官至礼部侍郎。《宋史》本传称其“好学工文词，尤嗜作诗”。胡宿《神道碑》称其“有高情，富清藻，多所缀述，尤邃于诗。其间所得，往往清绝”。著有《春卿遗稿》。诗如：“秀野亭连小隐堂，红蕖绿条媚沧浪。卞山居士无归意，欲借吴侬作醉乡。”（《过叶道卿侍读小园》）堂为人甚有贤德，乡人皆以君子称之。卞山居士盖其自号也。

　　夏竦　竦字子乔，江州德安人。官拜同中书门下平章事。《东轩笔录》称其“自少好读书，工为诗。一日携所业伺宰相李文靖公沆退朝，拜于马首而献之。文靖读其句，深爱之”。竦之为人实无可取，而其作品则词藻赡逸，风骨高秀。著有《文庄集》。诗如：“海雁桥边春水深，略无尘土到花阴。忘机不管人知否，自有沙鸥信此心。”（《题睢阳》）又如：“年光过眼如车毂，职事羁人似马衔。若遇琵琶应大笑，何须涕泣满青衫。”由这些例子，我们可以看出夏竦诗在初宋里面实在另有风味。

　　宋庠　庠字公序，初名郊，字伯庠，安州安陆人。为晏殊的门人。官至枢密使。著有《宋元宪集》。《侯鲭录》称：

"宋莒公兄弟少作《落花》诗，为时脍炙。"且举庠的《落花》诗为例："一夜春风拂苑墙，归来何处剩凄凉。汉皋佩冷临江失，金谷楼危到地香。泪脸补痕烦獭髓，舞台收影费鸾肠。南朝乐府休赓曲，桃叶桃根尽可伤。"

宋祁　祁字子京，庠之弟也。累官龙图阁学士。与欧阳修同修《唐书》，书成，迁左丞，进工部尚书。与兄庠齐名，号称大宋、小宋，《四库提要》以拟唐之燕、许。庠有沉博之气，而祁多新警之思，皆晚唐体也。诗如《集江渎池》："飞槛枕溪光，欢言客遍觞。暂云消树影，骤雨发荷香。辛臼橙齑熟，庖刀脍缕长。蘋风如有意，盈衽借浮凉。"陈振孙《书录解题》称"景文清约庄重，不逮其兄"（景文，祁之谥号），此语诚然。但言乎流丽，则乃兄又不及祁矣。其《落花》诗"将飞更作回风舞，已落犹成半面妆"之句，盖诗中浓丽之至者。

胡宿　宿字武平，常州晋陵人。官至枢密副使，以太子少师致仕，谥曰文恭。工于四六骈偶之文，其五七言律诗，波澜壮阔，声律铿铿。例如："两岸山花中有溪，山花红白遍高低。灵源忽若乘槎到，仙洞还同采药迷。二月辛夷犹未落，五更鸦臼最先啼。茶烟渔火遥堪画，一片人家在水西。"（《过桐庐》）宿之律诗，最工七言。有《文恭集》。

韩琦　琦字稚圭，相州安阳人。官至右仆射郎中，历相三朝，功在社稷。生平不以文章著名，间常为之，皆甚工。有《安阳集》。诗如："曲江风暖晓阴斜，翠色相宜拂钿车。自有春眠慵未起，日高人困又飞花。"（《再赋柳枝词》）又如："画桥南北水连天，才听莺声又晚蝉。长使离魂容易断，春风秋月自依然！"（《和春卿学士柳枝词》）读来清巧婉转，大有词的风调。

范仲淹　仲淹字希文，吴县人。官至枢密副使，进参知政事。有《文正集》。其诗如《感叹》："治乱兴衰甚可嗟，徒怜水调诉荣华。开元盛事今何在，尚有霓裳寄此花。"仲淹以国士而兼文人，故其作品颇多关心治乱之感。

司马光　光字君实，陕州夏县涑水乡人。继王安石为相，卒赠太师温国公，谥文正。著《资治通鉴》为著名的史学要籍。世称涑水先生。诗如："午夜空斋四悄然，清寒透骨不成眠。秋风故揭疏帘起，正漏月华来枕前。"（《静夜》）光有诗十四卷，然并不以此见长也。

文彦博　彦博字宽夫，介休人。历仕四朝，为将相五十余年，名闻中外。年九十二，卒赠潞国公。其诗如："鼓吹尽私蛙，蒿蓬将径斜。梧高惟待凤，柳密只容鸦。度暑巾裁縠，迎凉帐卷纱。茂陵无那渴，犹有镇心瓜。"（《闲斋有作》）苏轼云："潞公长律，无一字无考据。"在我们看来，则纵使每一字都有考据，也不见得能增加文彦博诗的价值吧。

吕夷简　字坦夫，先世莱州人，改居寿州。官至同平章事，封许国公。诗如："往来游海峤，上彻最高层。云外疑无路，山中忽见僧。虎蹲临涧石，猿挂半岩藤。何日抛龟纽，孤岸上再登。"（《重游雁山》）

叶清臣　清臣字道卿，长洲人。累官翰林侍读学士，擢三司史，出知河阳。卒赠谏议大夫。诗如："柴车走县封，穷途秋耿耿。急雨带溪声，残灯背窗影。驱驰下士身，凄凉旅人景。山寒梦不成，愁多知夜永。"（《山寺独宿》）

赵抃　抃字阅道，衢之西安人。召为殿中侍御史，号铁面御史。卒赠太子少师。其诗触口而成，工拙随意，而清苍郁律之气，出于肺腑，有《清献集》。诗如："澄江抵练长，极目路苍茫。烟芷差差绿，风荷柄柄香。西流终古恨，南浦镇时忙。拟待传辞意，离人在楚乡。"（《和何节制观水》）

余靖　靖字安道，韶州合江人。官至秘书丞，充集贤校理，天章阁待制。有《武溪集》，诗一百二十首。其诗坚炼有法。例如："野馆萧条晚，凭轩对竹扉。树藏秋色老，禽带夕阳归。远岫穿云翠，畬田得雨肥。渊明谁送酒，残菊绕墙飞。"（《山馆》）余靖与欧阳修相交甚厚，修倡复古，靖和之，故其所作，颇有艰涩之累。然在元祐以前，亦不失为一作家也。

石介　介字守道，兖州奉符人。尝躬耕徂徕山下，人以徂徕先生呼之，有《徂徕集》。他深恨五代以后的文格卑靡，因作《怪说》以刺杨亿所倡的西昆体。欧阳修之复古运动，石介预有大力。王士禛《池北偶谈》称其"倔强劲质，有唐人风。较胜柳、穆二家，而终未脱草昧之气"。此盖专论其文也。其诗如："山驿萧条酒倦倾，嘉陵相背去无情。临流不忍轻相别，吟听潺湲坐到明。"（《泥溪驿中作》）介作诗多古风乐府，这种抒情小诗，在《徂徕集》里面，实在是很稀罕的。

孔文仲　文仲字经父，临江新喻人。嘉祐六年进士，官至中书舍人。与弟武仲、平仲有《清江三孔集》。诗如："客兴谓已旦，出视见落月。瘦马入荒陂，霜花重如雪。海风吹万里，两耳冻几脱。岁晏已苦寒，近北尤凛冽。况当清晓行，溯此原野阔。笠飞带绕头，指直不得结。农家烟火微，炙手粗可热。岂能迂我留，而就苟且活。仰头视四宇，夜气亦渐豁。苦心待正昼，白日想不缺。"（《早行》）

孔武仲　武仲字常父，亦新喻人。卒年五十七。其诗以幽峭胜。例如："上坂车声迟，下坂车声快。迟如鬼语相喧啾，快如溪沙泻鸣濑。一车人十捧拥行，江南江北不计程。青天白日有时住，无人止得车轮声。晚来骤雨声濯濯，平晓郊原尽沟壑。方悟车家进退难，不如田家四时乐。"（《车家行》）

孔平仲　平仲字毅父，武之弟。其诗夭矫流丽，奄有二仲。例如《落花》："岭南冬深花照灼，比至春初花已落。乘闲携酒到西园，鸟散蜂归春寂寞。江南此际春如何，红杏海棠开正多。归期不及春风日，犹见池塘著绿荷。"或谓平仲之诗可拟刘长卿，此语实为皮相，平仲之豪迈盖有似于李白者，惜无大才气以负之耳。

张方平　方平字安道，宋城人。官至参知政事。自号乐全居士，因以名其集。诗如："可怜萍梗飘蓬客，自叹匏瓜老病身。从此空斋挂尘榻，不知重扫待何人？"（《送苏子由监筠州酒税》）

蔡襄　襄字君谟，莆田人。官至龙图阁学士。诗如："绰约新娇生眼底，侵寻旧事上眉尖。问君别后愁多少，得似春潮夜夜添。"（《书小楼壁上》）又如："庭树疏疏河汉低，瓦沟霜白月平西。寒鸦不奈单栖苦，落泊惊飞到晓啼。"（《宿渔梁驿》）都是很好的小诗。

黄庶　庶字亚夫，分宁人。庆历二年进士，仕至摄知康州。江西诗派领袖黄庭坚之父也。《四库提要》云："江西诗派奉庭坚为初祖，而庭坚之学韩愈，实自庶倡之。……集中古体诸诗，并戛戛自造，不蹈陈因，虽魄力不及庭坚之雄阔，运用古事，熔铸剪裁，亦不及庭坚之工巧，而生新矫拔，则取径略同。先河后海，其渊源要有自也。"这一段议论是很平允的，我们且看他的诗："芦花一股水，弭棹日已暮。山闲闻鸡犬，无人见烟树。行逐羊豕迹，始识入市路。菱芡与鱼蟹，居人足来去。渔家无乡县，满船载稚乳。鞭笞公私急，醉眠听秋雨。"（《宿赵屯》）

苏颂　颂字子容，南安人。徙居丹阳县，官右仆射兼中书门下侍郎，进太子太保。诗如："三尺冰纨一绝诗，翩翩车马送行时。尊前怀古闲开卷，看尽关山远别离。"（《和题李公麟阳关图》）著有《苏魏公集》。

王珪　珪字禹玉，华阳人。官至尚书左仆射门下侍郎，封岐国公。其文章多富贵气，盖其少掇高科，以文章致位通显，词人荣遇，罕有其比，故所作多博赡瑰丽，另成一家。其诗亦以富丽为主，王直方《诗话》载时人有"至宝丹"之目，以好用金玉锦绣字也。有《华阳集》。诗如："六朝遗迹此空存，城压沧波到海门。万里江山来醉眼，九秋天地入吟魂。于今玉树悲风起，当日黄旗王气昏。人事不同风物在，怅然犹得对芳樽。"（《再登赏心亭》）其作风于此可见一斑。

刘敞　敞字原父，新喻人。庆历六年进士第二，累迁知制诰，拜翰林学士，改集贤院学士，制南京御史。有《公是集》，古诗二十卷，律诗十五卷。曾肇称其经术文章，追古作者；朱熹称其文才思极多，绝似古人。其诗如："凉风响高树，清露坠明河。虽复夏夜短，已觉秋气多。艳肤丽华烛，皓齿扬清歌。临觞不作意，奈此粲者何。"（《夏夜》）又如："小楼西望那人家，出树香梢几树花。只恐东风能作恶，乱红如雨堕窗纱。"（《桃花》）

陈襄　襄字述古，侯官人。官侍御史，后以侍读判尚书都省卒。其为人言行皆以古人为法，司马光、苏轼等皆其推荐。号称古灵先生，有《古灵集》。诗甚平淡，非轻艳者可比。例如："春阴漠漠燕飞飞，可惜春风与子违。半岭烟霞红旆入，满湖风月画船归。缑笙一阕人何在，辽鹤重来事已非。犹忆去年离别处，鸟啼花落客沾衣。"（《和子瞻沿牒京口忆西湖出游见寄》）

刘攽　攽字贡父，号公非，敞之弟也。官至中书舍人。其人强学博敏，超绝一世；词章典雅，工于摹仿。著有《彭城集》。诗如《咏史》："自古边功缘底事，多因嬖幸欲封侯。不如直与黄金印，惜取沙场万髑髅。"《别茶娇》："画堂银烛彻宵明，白玉佳人唱渭城。唱尽一杯复起舞，关河风月不胜情！"

郑侠　侠字介夫，福清人。有《西塘集》。为人伉直，以进《流民图》反王安石的新法著名，其诗的朴质亦如其人。例如："偶因送客上西楼，共爱佳城枕海陬。雁翅人家千巷陌，犬牙商泊数汀州。风吹细雨兼秋净，云漏疏星带水流。独有单亲头早白，迢迢东望不胜愁！"（《同子忠上西楼》）

王令　令字逢原，广陵人。他要算是宋代诗人中最短命的一个，年仅二十八，便被摧残了。其诗卷帙虽不甚富，然好诗也不少，例如《春游》："春城儿女纵春游，醉倚层台笑上楼。满眼落花多少意，若何无个解春愁？"《江上》："幂幂荒城没远烟，暮云归簇忽相连。春江流水出天外，晚渡归舟下日边。杏萼春深翻浅缬，柳花风远曳晴绵。无钱买得江头树，输与渔人系钓船。"这位作家"少年的风味"很重——宋人诗大都正经庄严，老气横秋，很缺乏少年风味——但天不假以长年，未能完成他的伟大，这自是很可痛惜的。

韩维　维字持国，开封雍丘人。以荫入仕，元祐初，拜门下侍郎，以太子少傅致仕。年八十二岁。《石林诗话》谓："韩持国虽刚果特立，风节凛然。情致风流，绝出时辈。"有《南阳集》。其诗深远不及圣俞，温润不及永叔，然古淡疏畅，故足为两家之鼓吹。诗如："细蓓繁英次第开，攀条尽日未能回。不如醉卧春风底，时使清香拂面来。"这首《酴醿花》诗在当代是很有名的。又如："雨滴庵上茅，风乱窗前竹。繁声互入耳，欲寐不得熟。缅怀田舍翁，石径滑马足。连山暗秋灯，一路何处宿。"（《寄孔宁极》）

强至　至字几圣，钱塘人。庆历进士，终祠部郎中。著《韩忠献遗事》，有《祠部集》三十六卷。其文章简古，力追古人，诗则沉郁顿挫，气格颇高，《四库提要》谓其在北宋诸家中，可独树一帜。例如："春风那复系狂游，朝醉桐江暮柳洲。大手千篇随地扫，一身四海逐云浮。荣名不落闲宵梦，退筑聊为晚岁谋。老橘残鲈犹有兴，片心还起洞庭舟。"（《贾麟自睦来杭将复如苏戏赠绝句》）

陈舜俞　舜俞字令举，乌程人。庆历六年进士，嘉祐四年登制科，官至都官员外郎。尝居秀州之白牛村，自号白牛居士。著有《庐山记》《都官集》。其诗多贬谪之后所作，气格萧疏，皆自抒胸臆之言。例如："活活飞泉清绕石，悠悠天幕翠铺空。是非分付千钟里，日月销磨一醉中。柳絮任飘荒径畔，菊花仍在旧篱中。水光山色年年好，尚使游人想素风。"（《渊明醉行》）

沈遘　遘字文通，钱塘人。以荫为郊社斋郎。皇祐元年举进士第一，以已官者不应先多士，改第二。终翰林学士。有《西溪集》。其诗清俊流逸，不染俗韵。例如《题扬州山光寺》："马蹄轻蹑柳花浮，醉入淮南第一州。不是青楼羞薄幸，自缘无锦不缠头。"又："高台已倾曲池平，隋家宫殿春草深。千年往事何足叹，广陵非复旧时城。"

祖无择　无择字择之，上蔡人。登进士第。官至龙图阁学士。其人貌甚寝，娶妻徐氏有姿色，后竟以此离婚。著有《龙学文集》。孙复与穆修之门人也。诗文均有名。诗如："数载天涯别，年来不定居。扁舟忽相值，孤抱信何如？公幹犹多病，孝先仍懒书。人生从坎壈，客意且踌躇。淡薄市桥酒，鲜肥江岸鱼。"（《途次金陵逢同年沈五判官》）

范纯仁　纯仁字尧夫，范仲淹之次子也。尝从胡瑗、孙复学。累官尚书仆射，中书侍郎。徽宗立除观文殿大学士。有《忠宣文集》。诗如："合友逢佳节，携尊泛碧流。溪风消酒力，烟树入春愁。群鸭开波练，疏云透月钩。平生怀古意，最羡五湖游。"（《寒食日泛舟》）

周敦颐　敦颐字茂叔，道州人。知南康军，因家庐山莲花峰下。胸怀洒落如光风霁月。著《太极图说》及《通书》，盖宋代理学派之开山祖也。世称濂溪先生，其文集有《周元公集》。诗歌也有很好的，例如："花落柴门掩夕晖，昏鸦数点傍林飞。吟余小立阑干外，遥见渔樵一路归。"（《题春晚》）又如："三月僧房暖，林花互照明。路盘层顶上，人在半空行。水色云含白，禽声谷应清。天风拂襟袂，缥缈觉身轻。"（《同宋复古游大林寺》）周子的诗毫无理学的酸腐气，自有一种幽趣，决不是理学派的诗可比。

邵雍　雍字尧夫，范阳人。神宗时，以著作郎征之，不至。名所居曰安乐窝。其《安乐窝》诗云："半记不记梦觉后，似愁无愁情倦时。拥衾侧卧未欲起，帘外落花撩乱飞。"著有《击壤集》。诗以平易为主，然不脱理学臭味，致写下很多无味的诗。例如："我今行年四十五，生男方始为人父。鞠育教诲诚在我，寿夭贤愚系于汝。我若寿命七十岁，眼前见汝二十五。我欲愿汝成大贤，不知天意肯从否？"（《生男吟》）这自然不能说是诗了。在《击壤集》里面像《安乐窝》那样的诗实在是很缺乏的。

郑獬　獬字毅夫，安陆人。官拜翰林学士，权知开封府。初受知于刘敞，以为皇甫湜之文，有《郧溪集》。其诗最擅长于绝句，尤工七绝，例如："嫩绿轻红相向开，一番走马探春回。青衫不管露痕湿，直入乱花深处来。"（《代探花郎一绝》）又如："千重越甲夜城围，战罢君王醉不知。若论破吴功第一，黄金只合铸西施。"（《蠡口》）郑獬虽不是一个很有名的诗人，但如他这样的七绝，实可拟于北宋名家诗而无愧。

李清臣　清臣字拜直，魏人。官历尚书右丞，徽宗朝拜门下侍郎。有《淇水集》。诗如："八尺方床织白藤，含风漪里睡梦腾。若无万里还家梦，便是三湘退院僧。"（《绝句》）

苏洵　洵号明允，眉山人。他是一个大古文家，不以诗著名。然其诗也未始没有好的。例如："幽居少尘事，潇洒似江村。苔藓深三径，良冠盛一门。岭云时聚散，湖水自清浑。世德书芳史，传家有儿孙。"(《涵虚阁》)

曾巩　巩字子固，建昌南丰人。官至中书舍人。这是一位著名不能诗的文学家。秦观是称"子固文章妙天下"的人，也说他的诗不可读。其实，说巩不长于诗则可，说不能诗则不可。他曾有"云乱水光浮紫翠，天含山气入青红"的名句。在他的诗里面好的作品实在不少。例如："行歌红粉满城欢，犹作常时五马看。忽忆使君身是客，一时挥泪逐金鞍。"(《将行陪贰车观灯》)又如："乱条犹未变初黄，倚得东风势便狂。解把飞花蒙日月，不知天地有清霜。"(《咏柳》)谁说曾巩不能诗呢？

孙复　复字明复，平阳人。官至殿中丞。他是一位经学家，诗亦不甚有名。著有《孙明复小集》。诗如："银汉无声露欲垂，玉蟾初上欲圆时。清樽素瑟宜先赏，明日阴晴未可知。"(《八月十四夜月》)

李觏　觏字泰伯，建昌南城人。皇祐初以荐授太学助教，终海门主簿，太学说书。有《直讲李先生集》。也是一位学者，并非诗人。其诗如："他人工字书，美好若妇女。猗嗟颜太师，赳赳丈夫武。麻姑有遗碑，岁月亦已古。硬笔可破石，镌者疑虚语。惊龙索雷斗，口唾天下雨。怒虎突围出，不畏千强弩。有海珠已求，有山玉易取。惟恐此碑坏，此书难再睹。安得同宝镇，收藏在天府。自非大祭时，莫教凡睛觑。"(《鲁公碑》)这首诗本无什么意思，但可看出李觏诗一股雄放之气。

蒋之奇　之奇字颖叔，宜兴人。官至同知枢密院事，除观文殿学士。诗如："尽日行荒径，全家出瘴岚。鲍娘诗句好，今夜宿江南。"(《和鲍娘题兑溪驿》)

　　程颢　颢字伯淳，洛阳人。官至监察御史。后人称为明道先生，也是一位大理学家。著《定性书》很有名。他的诗大多数也是不可以读的，如"晓日都门飐旆旌，晚风铙吹入三城。知公再为苍生起，不是寻常刺史行"（《送吕晦叔赴河阳》）。如此诗意，真是令人作呕。但偶然也有好诗，例如："南去北来休便休，白蘋吹尽楚江秋。道人不是悲秋客，一任晚山相对愁。"（《题淮南寺》）不过这种诗很少罢了。

　　程颐　颐字正叔，洛阳人。颢之弟也。著《易传》及《春秋传》。时号伊川先生。他的诗也和程颢那般道德论的诗一样不堪领教。例如："至诚通圣药通神，远寄衰翁济病身。我亦有丹君信否，用时还解寿斯民。"（《谢王佺期寄药》）

　　张载　载字子厚，居凤翔之横渠镇，学者称横渠先生。也是一位理学家。其诗如："两山南北雨冥冥，四牖东西万木青。面似枯髅头似雪，后生谁与属遗经？"（《绝句》）这可以说是打油的理学诗。

　　冯山　山字允南，初名献能，安岳人。嘉祐二年进士，官至礼部郎中。有《冯安岳集》。其诗平正条达，无剪红刻翠之态。例如："传闻山下数株梅，不免车帷暂一开。试向林梢亲手折，早知春意逼人来。何妨归路参差见，更遣东风次第催。莫作寻常花蕊看，江南音信隔年回。"（《山路梅花》）

　　朱长文　长文字伯原，其先越州剡人。家吴郡。官至秘书省正字兼枢密院编修。筑室郡西表曰乐圃，乡人称为乐圃先生。以疾不仕，仁义闻于乡里。有《乐圃文集》。与徐积齐名，号称徐、朱。然文章的造诣，则各有不同。其诗如："何必襄阳孟浩然，苦吟自可继前贤。虎丘合去十二度，熊轼再游三百年。云阁为君追旧额，霓裳从古播朱弦。此行不减唐人乐，畅饮惟无八酒仙。"（《奉陪太守诸公游虎丘》）

　　刘弇　弇字伟明，安福人。元丰初举进士，继中博学宏词科。官太学博士。元符中进《南郊大礼赋》，哲宗称为相如、子云复出。有《龙云集》。诗如："十十五五跳波鱼，三三两两踏歌姝。前山后山碧一色，似不多愧潇湘图。"（《莲花峰法云即事》）

米芾　芾字元章，号鹿门居士，又称海岳外史，襄阳人。累官礼部员外郎。长于书翰，得王献之笔意。善画人物山水，独成一家。世称米南宫。是书画家而兼诗人者，有《宝晋英光集》，盖宝晋其斋名，英光其堂名，合二名以名其集也。岳珂序芾集引《思陵翰墨志》曰："芾之诗文，语无蹈袭，出风烟之上，觉其词翰，同有凌云之气。"（按《四库提要》谓今本《思陵翰墨志》不载此语）诗如："六代萧萧木叶稀，楼高北固落残晖。两州城郭青烟起，千里江山白鹭飞。海近云涛惊夜梦，天低月露湿秋衣。使君肯负时平乐，长倒金钟尽醉归。"（《甘露寺》）能够写出这样的诗，自然难怪他不肯拜服于王安石、苏轼之下了。在北宋，米芾真要算一个多才多艺的文人。

杨杰　杰字仲公，无为人。嘉祐进士，官至礼部员外郎。自号无为子，有《无为集》。尝与欧阳修、王安石、苏轼诸人游。《四库提要》称："其诗虽兴象未深，而亦颇有规格。其率易者近白居易；其偶为奇崛，如《送李辟疆》之类者，或偶近卢仝；其大致则仍元祐体也。"诗如《二妃庙》："黄陵二妃庙，客过动愁颜。湘水有时尽，帝车何日还？血斑千亩竹，魂断九嶷山。欲问苍梧事，白云生栋间。"

刘挚　挚字莘老，东光人，家东平。官历门下侍郎尚书右仆射，观文殿学士。有《忠肃集》二十卷。其诗《湖上口号》可为一例："绿荷深不见湖光，万柄清风动晚凉。莫恨细葩犹未烂，叶香原是胜花香。"

沈括　括字存中，钱塘人。或谓为遘之从弟。累官太子中允，提举司天监，转太常丞。其人博学多能，于天文、方志、律历、音乐、医药、卜算，无所不通。著有《梦溪笔谈》《长兴集》。诗如："新秋拂水无行迹，夜夜随潮过江北。西风卷雨上半天，渡口微吟含晓碧。城头鼓响日脚垂，天际笼烟锁山色。高楼索莫临长陌，黄竹一声无北客。时平田苦少人耕，惟有芦花满江白。"（《江南曲》）他的七绝也很有好的，如："豹塘春水绿泱泱，谢市烟深柳线长。卷幔夕阳留不住，好风将雨过横塘。"（《在当涂作》）

范祖禹　祖禹字淳夫，一字梦得，舞阴人。官至秘省正字。曾著《唐鉴》，学者尊之，目为唐鉴公。有《范太史集》。其诗可举《龙水县斋作》为例："县门倚岩石，终日对青峰。初仕借为宰，读书过三冬。忘机狎鸥鸟，观稼亲老农。讼庭可罗雀，铜印苔藓封。"

彭汝砺　汝砺字器资，饶州鄱阳人。治平二年进士，官至吏部尚书。有《鄱阳集》。其诗瞿佑《归田诗话》尝推其情致缠绵；王士禛亦称其"潇湘此日堪肠断，随处幽香著暮人"之句。诗如："鬓毛垂雪欲毵毵，道路风波老不堪。系缆短亭聊自慰，青山数点见江南。"（《泊真州新河亭》）又如："尘沙骑马听溪流，淡薄春风却似秋。坐忆洞庭波万顷，滩声长在钓鱼舟。"（《晓出代祀高禖》）

徐积　积字仲车，山阳人。初从胡瑗学，官止楚州教授。以孝闻，谥曰节孝处士。有《节孝集》三十卷。其诗怪放奇谲，不主故常，甚不似其为人。例如："妾有一尺绢，以为身上衣。自织青溪蒲，团团手中持。朝携麦陇去，暮汲井泉归。无人不看妾，不使见蛾眉。"（《贫女扇》）

张舜民　舜民字芸叟，邠州人。自号浮休居士，又号矴斋。妻乃陈师道之姊。元祐初以司马光荐，召为监察御史，累擢吏部侍郎。坐元祐党。其人嗜画能文，尤长于诗，有《画墁集》。诗如《打麦歌》："打麦打麦，彭彭魄魄。声在山南应山北，四月太阳出东北。才离海峤麦尚青，转到天心麦已熟。鹖旦催人夜不眠，竹鸡叫雨云如麦。大妇腰镰出，小妇具筐逐。上垄先捋青，下垄已成束。田家以苦乃为乐，敢惮头枯面焦黑。贵人荐庙已尝新，酒醴雍容会所亲。曲终厌饫劳僮仆，岂信田家未入唇？尽将精好输公赋，次把升斗求市人。麦秋正急又秧禾，丰岁自少凶岁多。田家辛苦可奈何！将此打麦词，兼作插禾歌。"

沈辽 辽字睿达，钱塘人，遘之弟也。官至太常寺奉礼郎，摄华亭县。有《云巢编》。其文颇豪放，尤长于诗，王安石尝赠以"风流谢安石，潇洒陶渊明"之句。王雱更谓："前日览佳作，渊明知不如。"则未免过于夸奖了吧。其诗如："寒烟寂寂锁青溪，圆月亭亭上曲堤。小杜风情遥可想，闲调丝竹舞金泥。"（《池阳》）

陶弼 弼字商翁，祁阳人。官至东上阁门使，康州团练使。晚年聚徒讲授六经。有《邕州小集》。能诗能文。诗如："路入虔云去，如何轻解携。人烟五岭北，星斗大江西。暖雪梅花树，晴雷赣石溪。青衫欲无泪，不奈鹧鸪啼。"（《送赵枢寺丞宰虔化县》）

贺铸 铸字方回，卫州人。自号庆湖遗老，有《庆湖遗老集》。其论诗之言曰："平淡不涉于流俗，奇古不邻于怪僻，题咏不窘于物义，叙事不病于声律。比兴深者通物理，用事工者如己出。格见于成篇，浑然不可镂；气出于言外，浩然不可屈。"贺铸的诗似乎还没有做到他所说的好处，且举他最负盛名的《望夫石》为例："亭亭思妇石，下阅几人代。荡子长不归，山椒久相待。微云荫发彩，初月辉蛾黛。秋雨叠苔衣，春风舞罗带。宛如姑射子，矫首尘冥外。陈迹遂无穷，佳期后莫再。脱如鲁秋氏，妄结桑下爱，玉质委渊沙，悠悠复安在？"《苕溪渔隐丛话》谓：方回因此诗以得名，交游间无不爱之。

郭祥正 祥正字功夫，当涂人。熙宁中举进士，官至汀州通判，摄守漳州。陆游《入蜀记》称祥正少时，诗句俊逸，或许为太白后身。其诗体势雄放实有似于太白者，例如《凤凰台次李太白韵》："高台不见凤凰游，浩浩长江入海流。舞罢青蛾同去国，战残白骨尚盈丘。风摇落日催行棹，湖拥新沙换故洲。结绮临春无处觅，年年荒草向人愁！"《娱书堂诗话》谓："郭功甫尝与王荆公登金陵凤凰台，追次李太白韵，援笔立成，一座尽倾。"

刘跂 跂字斯立，东光人，家于东平。刘挚之子也。官至朝奉郎。晚年作学易堂，人称学易先生，有《学易集》。其诗颇似陈师道，例如："麦陇漫漫宿槁黄，新苗寸寸未经霜。手中马棰余三尺，想见归时如许长。"（《绝句》）

黄裳 裳字冕仲，南平人。元丰五年进士第一，累官至礼部尚书。有《演山集》，诗文均有劲节。诗如："秋来犹寄一涯天，叶叶秋声似去年。可恨萧晨长在客，不堪孤馆更闻蝉。"（《秋日有感》）

晁说之 说之字以道，清丰人。官至徽猷阁待制。史称其博极群书，通六经，尤精易传，善画山水，工诗。因慕司马光之为人，自号景迂，有《景迂生集》。其诗可以《思四明所居》为例："今朝旅恨到何处，轩窗直到桃花渡。桃花渡上风吹雨，道人芒屩谁来去？"

李之仪 之仪字端叔，景城人。官至枢密院编修官，通判原州。文章与张耒、秦观齐名，尤工尺牍。有《姑溪居士集》。诗如《赠人》（与当涂歌者杨珠）："通中玉冷梦偏长，花影笼阶月浸凉。挽断罗巾留不住，觉来犹有去时香。"其二："情随榆荚不胜飘，心似杨花暖欲消。拟借琼林大盈库，约君孤注赌妖娆。"又如《书扇》："几年无事在江湖，醉倒黄公旧酒炉。觉后不知新月上，满身花影倩人扶。"这都是很好的小诗。

邹浩　浩字志完，常州晋陵人。元丰五年进士，官至直龙图阁，赠宝文阁学士。有《道乡集》。王士禛称其古诗似白居易，律诗似刘梦得。但因受学程门，特嗜禅理，诗多用宗门语，亦其一病。诗如："荷叶如钱三月时，幅巾藜杖一追随。尔来胜事知多少，惟有风标公子知。"（《湖上杂咏》）

游酢　酢字定夫，建阳人。元丰五年进士，官至监察御史。亦程门弟子。有《游廌山集》。诗如："邀客十分饮，送君千里归。情随绿水去，目断白鸥飞。松菊今应在，风尘昔已非。维舟后夜月，能不重依依！"（《饯贺方回分韵得归家》）

李廌　廌字方叔，华州人。少以文见知于苏轼，为苏门六君子之一。才气横溢，文词肆放，颇有苏轼的气概，有《济南集》。诗如："偶来松树下，高枕石头眠。山中无历日，寒尽不知年。"（《隐逸》）则变其豪放而为幽逸的境界矣。

僧道潜　道潜本名昙潜，后改今名。赐号妙总大师，於潜人。有《参寥子集》。其诗风流酝藉，诸诗僧皆不及。例如："赤叶枫林落酒旗，白沙洲渚夕阳微。数声柔橹苍茫外，何处江村人夜归。"（《秋江》）

僧惠洪　惠洪著有《冷斋夜话》《石门文字禅》。其诗清新有致，例如："山县萧条半放衙，莲塘无主自开花。三叉路口炊烟起，白瓦青旗一两家。"（《夏日》）

赵鼎臣　鼎臣字承之，卫城人。自号苇溪翁。官至右文殿修撰，知邓州，召为太府卿。有《竹隐畸士集》。刘克庄称其诗才气飘逸，记问精博，警句巧对，殆天造地设，略不载人喉舌。例如："不见东坡老弟昆，年年曲阜履犹存。计功何必悲周鼎，会使词林百怪奔。"（《二苏贤良砚》）

下

篇

第十三章

南渡的诗坛

南渡的诗坛：诗人都是旧的，诗歌可是新的。

宋诗自元祐以后，它的发展的命运便已经决定了。说明显一点，宋诗自欧、王、苏、黄诸名家蔚起之后，北宋诗已经叹"观止"了。后来的诗人，无论才力与聪明，都不能后来居上；不仅不能后来居上，要和他们并驾齐驱也就不可能了。所以元祐以后的诗人，对于那些大家只有"望洋兴叹"，只有"高山仰止"，于是便发生以黄庭坚为宗，专门讲究诗派，玩弄诗法的江西宗派。我们知道在北宋诗的四大权威者里面，黄庭坚要算是成就最低的一个，往后诗人却都以为庭坚诗苦练而成，有法可绳，易于学习，故奉以为宗。因此，宋诗发展的命脉，便被这般不争气的模拟诗人斩断了。此后诗坛的情形，我们可以闭着眼睛很容易想象得到：大家无非在江西诗里面兜圈子。哪个作家还有一点新味儿？眼看北宋一个耀着光芒的诗坛消沉下去了，黑暗下去了。这个诗坛的黑暗时期，和北宋同其运命。一直到南渡以后，才打破这种消沉黑暗的空气，而建设诗坛的新生命，新气象。

本来，这些南渡的诗人，在北宋也是安居晏处惯了的，也都煊染了一点江西诗的味儿，实在没有值得我们叙述的意义。不料，金人鼙鼓动地来，掠去了天下的共主，占据了他们的社稷，把每一个诗人的富贵美梦，整个地打碎，吓得仓皇南渡，万里奔驰。这一来，可是把他们诗的风格，变成悲壮激越了，变深刻了，变苍老了，他们把那貌作古怪，内容浅薄的江西派作风无形中抛弃了。每一个南渡诗人都把他深切的感慨注入他的诗里面去。

其中成就最大的诗人，自然不能不推陈与义。

与义字去非，洛阳人，简斋其号也。官至参知政事。少学诗于崔德符，问作诗之要。崔曰："工拙所未论，大要忘俗而已。"尝赋《墨梅》受知于徽宗，遂登册府。高宗尤喜其"客子光阴诗卷里，杏花消息雨声中"之句。晚年诗益工，旗亭传舍，摘句传写殆遍。有《简斋集》。诗如：

> 雨后江南绿，客愁随眼新。桃花十里影，摇荡一江春。朝风逆船波浪恶，暮风送船无处泊。江南虽好不如归，老荠绕墙人得肥。（《江南春》）

这却不是江西派所能作得出来的诗，虽然这不一定能够算是作者的代表作。与义古诗新诗都作得来，盖其天分既高，用心亦苦，意不拔俗，语不惊人，不轻易写定也。尤其是他的小诗，和他的小词一样的值得矜贵，也许是作者的天才特别长于短写。你如不信，试读他的作品：

> 中庭淡月照三更，白露洗空河汉明。莫遣西风吹叶尽，却愁无处著秋声。（《秋夜》）
>
> 万垄分烟高复低，人家随处有柴扉。此中只欠陈居士，千仞岗头一振衣。（《题余秀才所藏江参山水横轴画》）
>
> 水堂长日静鸥沙，便觉京尘隔鬓华。梦里不知凉是雨，

卷帘微湿在荷花。(《雨过》)

　　爱欹纤影上窗纱，无限轻香夜绕家。一阵东风湿残雪，强将娇泪学梨花。(《梅》)

　　小瓮今朝熟，无劳问酒家。重阳明日是，何处有黄花。(《九月八日戏作示妻》)

　　山空樵斧响，隔岭有人家。日落潭照树，川明风动花。(《出山》)

　　都迷去时路，策杖烟漫漫。微雨洗春色，诸峰生晚寒。(《入山》)

这是谁也看得出来好处的诗，古诗话家对于这位作者也只有赞美。我们不妨选几个适当的评语写在下面，以作研究与义诗的参考：

　　刘克庄《后村诗话》："元祐后，诗人迭起……不出苏、黄二体而已。及简斋出，始以老杜为师……建炎以后，避地湖峤，行万里路，诗益奇壮。……造次不忘忧爱。以简严埽繁缛，以雄浑代尖巧。第其品格，当在诸家之上。"

　　张嵲《陈简斋墓志》："公诗体物寓兴，清邃超特，纡余阏肆，高举横厉，上下陶、谢、韦、柳之间。"

　　《四库提要》："与义在南渡诗人之中，最为显达，然皆非其杰构。至于湖南流落之余，汴京板荡以后，感时抚事，慷慨激越，寄托遥深，乃往往突过古人。"

　　我们正不必像刘须溪那样斤斤于拿与义来和苏轼、黄、陈作优劣的比较，那是毫无意义的批评。至少我们可以这样说：陈与义是南渡时期的第一大诗人，不算夸张吧。

　　与陈与义同时的南渡诗人，有叶梦得、张元幹、张九成、王庭珪、汪藻、沈与求、孙觌、程俱诸人。

　　叶梦得字少蕴，吴县人。官至江东安抚大使。著有《建康集》及《石林诗话》。论者称其在"锋镝之中，而吟咏萧散，固是诗人之致"。然其诗也不是没有感慨的，他有一首游清凉山勉其儿子的诗很值得我们欣赏：

> 千年石头城，突兀真虎踞。苍茫劫火余，尚复留故处。大江转洪涛，腾踏不可御。空城寂寞潮，日暮独东去。登临欲吊古，俯视极千虑。吾儿勇过我，蓐食穿沮洳。谓言抚中原，未暇论割据。功名亦何人，我老聊自恕。它年报国心，或可借前箸。无为笑颓然，已饱安用饫。

张元幹字仲宗，永福人。自号真隐山人，又号芦川老隐，有《芦川归来集》，仅载律诗。《宋诗钞》称其"清新而有法度，蔚然出尘也"。其诗可以《兰溪舟中寄苏粹中》为例：

> 气吞万里境中事，心老经年江上行。三径已荒无蚁梦，一钱不值有鸥盟。云收远嶂晚风热，浪打寒滩春水生。鸿雁北飞知我意，为传诗句濮阳城。

张九成字子韶，开封人。人称之为横浦先生。李清照曾有"桂子飘香张九成"，盖讥其诗也。有《横浦集》。诗如：

> 幽事晚山色，幽斋春雨余。乱红敧涧水，浮绿涨郊墟。北牖进新笋，西园生野蔬。槿篱绕茅屋，已分老渔樵。（《即事》）

王庭珪字民瞻，庐陵人。官至直敷文阁。隐居卢溪，有《卢溪集》。杨万里尝从之游，称其诗出自少陵昌黎，大要主于雄刚浑大。诗如：

> 路入荒溪恶，波穿乱石跳。骑驴行木杪，避水转山腰。倒挂猿当道，横过竹渡桥。吾生本如寄，岁晚尚飘遥。（《入

辰州界中用颐子韵》）

汪藻字彦章，饶州德兴人。官至显文阁大学士，左太中大夫，封新安郡侯。著有《浮溪集》。其诗可以《次高邮军》为例：

> 小雨静林麓，鹁鸪相应鸣。移舟漾清深，薄晚荷气生。归鸟尽双去，潜鱼时一惊。菰蒲若无人，渺渺吹烟横。艇子楫迎我，携鱼荐南烹。月出殊未高，疏林隐微明，依没会有处，斗挂天边城。

沈与求字必先，德清人。官至知枢密院事。著有《龟溪集》。诗如：

> 野航春入荻芽塘，远意相传接渺茫。落日一篙桃叶浪，薰风十里藕花香。河回遽失青山曲，菱老难容碧草芳。村北村南歌自答，悬知岁事到金穰。（《舟过荻塘》）

孙觌字仲益，晋陵人。官至翰林学士。著有《鸿庆居士集》。其诗晚年益精。例如：

> 数间茅屋水边村，杨柳依依绿映门。渡口唤船人独立，一蓑烟雨湿黄昏。（《吴门道中》）
> 绿笋遗苞半出篱，清溪一曲翠相迷。古苔称意坏墙满，好鸟尽情深处啼。（《游金沙寺》）

程俱字致道，开化人，官中书舍人。著有《北山小集》。其诗萧散古淡，颇有自得之趣。例如：

秋风夜搅浮云起，幽梦归来渡寒水。一声横玉静穿云，响振疏林叶空委。曲终时引断肠声，中有千秋万古情。金谷草生无限思，楼头斜月为谁明？（《夜半闻横笛》）

继着南渡诗人之后，大诗人陆游、范成大、杨万里辈起来，更把宋诗发扬光大，各极造诣之精，于以造成南宋诗的"元祐时代"。

第十四章

爱国诗人陆游

南宋有个陆游，真是替南宋诗坛增加不少的光焰。

方回跋尤袤诗云："中兴以来，言诗必曰尤、杨、范、陆。诚斋时出奇峭；放翁善为悲壮；公与石湖，冠冕佩玉，端庄婉雅。"这段话虽无很甚的褒贬之意，但隐隐地是在说杨诚斋与陆放翁只是诗的别派，尤袤与范石湖才是诗的正宗。

其实，在这几个诗人里面，除了尤袤"诗集独湮没不存"不论外，不但杨诚斋比不上陆游，范石湖也不及陆游；不但范石湖比不上陆游，全宋的诗人能够有几个像陆游那样的伟大呢？

陆游诗的伟大，一言以蔽之，是在有新生命的表现，我们知道屈原的伟大，是在他能用独倡的新韵律来表现可歌可泣的生命；陶潜的伟大，是在他能发现田园的爱和美；李白的伟大，是在悲壮的边塞诗的开拓；杜甫的伟大，是在社会问题诗的开拓。往下便要数到陆游了：在被金人压迫偏安江表、风雨飘摇的南宋，陆游所开拓的，便是合拍那时代社会背景而起反应的爱国文艺。在文学原理的见地上，文学是不是应该建立爱国精神的旗帜，我们可不必论。不过这种爱国的精神，的确是诗人内心的情感里所迸发出来的呼喊，代表当时代多数者的心理；而且在南宋——甚至可以说在全宋及其以前——能够在诗歌里面首先握住时代多数者的心理的权威者只有陆游。本来爱国的诗篇在文学史上本不多觏，而以作品著名的爱国诗人也怕只能有陆游一人了。这种爱国主义的诗便是陆游所创制的诗的新生命，陆游的伟大也在此。

往下请先介绍这位诗人的生平。

游字务观，越州山阴人。生于公元一一二五年。年十二能诗文。荫补登仕郎，以才遭秦桧忌。桧死，始赴福州宁德簿，以荐者除敕令所删定官。迁大理寺司直兼宗正簿。孝宗即位，甚器重诗人。尝问周益公于华文阁曰：

今代诗人，亦有如唐李太白者乎？

益公即以放翁对。由是人竟呼为小太白（《剑南诗稿后记》）。孝宗亦甚激赏其才，迁枢密院编修官兼编类圣政所检讨官。后以被谗贬建康府通判。寻为王炎幕宾，郁郁不得志。范成大帅蜀，游为参议官。诗人相与，不拘礼法，人讥其颓放，因自号放翁。累迁江西常平提举，迁礼部郎中。兼实录院检讨官。以宝章阁待制致仕。嘉定三年卒（公元一二一〇年）。享年八十有五。（放翁卒年，据《宋史·陆游列传》所述如上。但据游诗云"吾年垂九十"《齿发叹》；又"行年九十未龙钟"《疾后戏题》；又"九卜衰翁心尚孩"《游山》，则这位诗人或不止八十五岁呢。）其著作有《渭南文集》五十卷（著名《渭南》，因游晚封渭南伯），《剑南诗稿》八十五卷，录诗一万四千余首（据沈德潜《说诗晬语》）。

陆游原来是一位多才多艺的文人，他不仅能诗，也会作文，也会填词，不过其最大的成就在诗这一方面罢了。最值得我们欣幸的，便是这位诗人享有了中国文人罕有的高年，遗下了中国文人罕有的巨部头的诗，其献身文艺的精神真是不可企及的。论者每以游晚年曾为韩侂胄作《南国记》，评其品格远不及杨万里。但如以诗品论，"万里不及游之锻炼工细"，纪晓岚已先言之了。

在前面我们曾经说过陆游是一位悲壮的爱国诗人，那末，他的生活应如何激昂，他的个性应如何强遇，这是我们最低限度的想象。可是，如其分析《剑南诗》里所表现的陆游的生活，真要使我们惊讶，原来陆游是一个很爱游荡，很爱疏放的诗人生活，决不是英雄生活。他虽然很有志功名，流露于吟咏间，但却不是官欲熏心。他最恨做小官的低头和拘曲，在他《和陈鲁山》诗曾说："奈何七尺躯，贵贱视赵孟。"又说："他年游宦应无此，早买渔蓑未老归。"（《留题云门草堂》）可见他的生活态度了。分析起来，这位诗人至少有两种癖性值得注意的：

（一）爱游的癖性　诗人往往都爱游，也许游历便是诗情的供应者吧。我们统计八十五卷的《剑南诗稿》，处处看见放翁在游山玩水忙，吟诗填韵忙，仿佛漫游便是他的生命，仿佛前生欠下了山水债似的走来奔去。如：

> 樱花旧识非生客，山水曾游是故人……
> 平生剩有寻梅债，作意城南看小春。（《阆中作》）

他不仅爱梅，也爱山，也爱水，爱一切的自然界。到一处爱一处。他有一首诗最能表现他游山水的癖性：

> 平生爱山每自叹，举世但觉山可玩。皇天怜之足其愿，著在荒山更何怨？南穷闽粤西蜀汉，马蹄几历天下半。山横

水掩路欲断，崔嵬可陟流可乱。春风桃李方漫漫，飞栈凌空又奇观。但令身健能强饭，万里只作游山看。(《饭三折铺铺在乱山中》)

游吧，游吧，最美的诗的境界是要到大自然里面去找的，决不是闭置在斗方室里面构思得出来的。假如你不信，请读放翁诗：

衣上征尘杂酒痕，远游无处不消魂。此身合是诗人未，细雨骑驴入剑门。(《剑门道中遇微雨》)

这是一首多么充盈了尽意的诗！放翁的诗，很多是在旅程中作成的。可见漫游的癖性，对于放翁诗的帮助不小。读其"斯游谁道伤幽独，犹有残钟伴苦吟"，更可见其独自行吟的勤苦。而因为浪游无定，总是他乡做客，有时也引起放翁穷愁之感。如《荔枝楼小酌》诗云："病与愁兼怯酒船，巴歌闻罢更凄然。此身未死长为客，回首夔州又二年。"这时，放翁也许有倦游之感了吧。

（二）疏放的癖性　疏闲放浪是中国文人的通病，陆放翁也是这样的一个。有时疏闲起来，竟好像得道的道士一样，如"欲作小诗还复懒，海鸥与我共忘机"。有时放浪起来呢，竟是形骸也不顾了，只求一歌一醉之乐，如"千古英雄骨作尘，不如一醉却关身"，如"尊酒如江绿，春愁抵草长。但令闲一日，便拟醉千场"。这种疏放的癖性，似乎也是和爱国主义的个性相反的，最显示明白的如《隐趣》诗：

归老家山一幅巾，俗间那可与知闻。举杯每属江头月，赠客时缄谷口云。行来菖蒲绿藓磴，卧浮炸艋入鸥群。力营隐趣君无怪，作得闲人要十分。

这种"作得闲人要十分"的骨子里，便是"用世"的反动行为。原来陆游实在是一个"空怀救国心"的志士，怀抱莫展，只得浪游啸傲终身，而"故作闲人样"了。唯其能够自寻疏放之趣，才能享上九十岁的高年，才作成功那一万几千首诗。那时，陆放翁也微笑地唱着了，唱着他那"长寿如富贵"的自赞。

现在我们要开始追求陆游的诗的来源。

纵使是独创的诗人，也没有不受古文艺的影响的。就是说每个作家的诗，都有他的来源。不过各人的来源不同罢了。陆游所受古诗人影响最深的有下面几家：

（一）陶潜　放翁最爱模拟陶潜。无论潜的为人和诗，放翁都表示无限的满意。如《读陶诗》："我诗慕渊明，恨不造其微。退归亦已晚，饮酒或庶几。雨余锄瓜垄，月下坐钓矶。千载无斯人，吾将谁与归？"放翁之仰慕渊明及其诗并不止偶然的表现，集中屡见其咏吟。又如"陶谢文章造化侔，篇成能使鬼神愁。君看夏木扶疏句，遥许诗家更道不？"（《读陶诗》）放翁用这样崇拜的眼光去研究陶诗，无形间自然受陶诗的影响不小了。

（二）杜甫　杜甫及其诗也是被放翁最敬视的一个。其《读杜诗》有云："……看渠胸次隘宇宙，惜然千万不一施。空回英概入笔墨，《生民》《清庙》非唐诗。向令天开大宗业，马周遇合非公谁？后世但作诗人看，使我抚几空嗟咨。"这首诗描写杜甫，可谓淋漓痛快之至，也就是在影射放翁自己吧。原来放翁的志愿与环境和杜甫同一模型，故其诗也很向往杜甫。集中常抄用杜语，如"无穷江水与天接，不断海风吹月来"，这是很明显的拟杜诗了。

（三）李白　放翁有《读李杜诗》云："濯锦沧浪客，青莲澹荡人。才名塞天地，身世老风尘。士固难推挽，人谁不贱贫？明窗数编在，长与物华新。"放翁论及李白，集中不数见。但放翁诗却很有些受了李白诗的影响。如《对酒叹》诸篇豪放恣肆，不拘体格，直如太白集子里的诗。

（四）岑参　参是一位才气壮烈的诗人，自然很容易为放翁所激赏。《夜读岑嘉州诗集》有云："公诗信豪伟，笔力追李杜。常想从军时，气无玉关路。至今蠹简传，多昔横槊赋。零落财百篇，崔嵬多杰句。工夫刮造化，音节配韶濩。……诵公《天山篇》，流涕思一遇。"

（五）梅尧臣　放翁集中屡有效梅尧臣诗，如《寄酬曾学士》（学宛陵先生体），如《过林黄中食柑子有感》（学宛陵先生体）。

（六）江西诗派　游为曾几的弟子。而所作《吕居仁集序》，又谓诗法传自居仁。二人固皆江西派中之健将也。

陆游的诗固然不能说没有受江西诗派的影响，因为江西诗派在当代实在是个很大的权威，无论什么诗人多少总熏染着江西派的臭味。不过陆游才气很大，决不是江西诗派所能范围；不仅不是江西诗派所能范围，即陶潜、李、杜、岑、梅也不曾范围着他。最好我们提示陆游自己的诗来表示他的文学见解。他有一句诗：

　　道向虚中得，文从实处工。

这个"实"是虚实的"实"。"实"的完成，是最离不开经验的，故放翁的诗往往是经验的抒写。可是放翁虽重实录，却也不是一味地摹拟自然，他苦练的工夫实在用得很深，例如：

　　吾诗郁不发，孤寂奈愁何？偶尔得一语，快如疏九河。

由诗成后的那种快感，便可反证诗未成时的苦吟了。如"琴废还重理，诗成更细评"；如"堪笑衰翁睡眠少，小诗常向此时成"，也可见放翁作诗之爱苦吟推敲。其《夜吟》云：

> 六十余年妄学诗，工夫深处独心知。夜来一笑寒灯下，始是金丹换骨时。

大约少年时代的陆游诗，还免不了浅浮因袭，到了中年晚年，则已养成独立的诗风了。

英雄的梦只许诗人晚年的回忆吧，我们读了陆游的感慨诗，也余着梦后的凄凉！

> 上马击狂胡，下马草军书。二十抱此志，五十犹癯儒。大散陈仓间，山川郁盘纡。劲风钟义士，可与共壮图。坡陁咸阳城，秦汉之故都。王气浮夕霭，宫室生春芜。安得从王师，泛扫迎皇舆。黄河与函谷，四海通舟车。士马发燕赵，布帛来青徐。先当营七庙，次第画九衢。偏师缚可汗，倾都观受俘。上寿大安宫，复如正观初。丈夫毕此愿，死与蝼蚁殊。志大浩无期，醉胆空满躯。（《观大散关图有感》）

这是陆游生平一首最好的《自叙》，他的一生也只是拖了一个永远没曾实现的"恢复中原"的梦。你看作者是怎样细密地将这梦排比叙述出来。因为这个梦不能实现出来，累得我们诗人终身挣扎地呼喊着，有时发为豪放，有时发为哀吟，有时悲壮激越，有时又感慨低徊，那种金戈铁马、横槊渡江的壮志跃然纸上：

> 丈夫不虚生世间，本意灭虏收河山。岂知蹭蹬不称意，

八年梁益凋朱颜。三更抚枕忽大叫，梦中夺得松亭关。中原机会嗟屡失，明日茵席留余渧。益州官楼酒如海，我来解旗论日买。酒酣博簺为欢娱，信手枭卢喝成采。牛背烂烂电目光，狂杀自谓元非狂。故都九庙臣敢忘，祖宗神灵在帝旁。(《楼上醉书》)

　　白发将军亦壮哉，西京昨夜捷书来。胡儿敢作千年计，天意宁知一日回！列圣仁恩深雨露，中兴赦令疾风雷。悬知寒食朝陵使，驿路梨花处处开。(《闻武均州报已复西京》)

放翁的长歌很有放纵恣肆的精神。我们看他老得了一个捷报，便值得大惊小怪，手舞足蹈，那种喜溢眉宇之气，在诗里面全画了出来。但放翁的这种写法，最工的还要推他的近体诗，尤其是绝句：

　　清班曾见六龙飞，晚落天涯远日畿。边月空悲新雪鬓，京尘犹染旧朝衣。江山壮丽诗难敌，风物萧条醉绝稀，赖有东湖堪吏隐，寄声篱菊待吾归。(《感事》)

　　少年志欲扫胡尘，至老宁知不少伸。览镜已悲身潦倒，横戈空觉胆轮囷。生无鲍叔能知己，死有要离与卜邻。西望不须揩病眼，长安冠剑几番新！(《书叹》)

　　天险龙门道，霜清客子游。一笻缘绝壁，万仞俯洪流。著脚初疑梦，回头始欲愁。危身无补国，忠孝两堪羞！(《再过龙洞阁》)

　　书生忠义与谁论，骨朽犹应此念存。砥柱河流仙掌日，死前恨不见中原。(《太息》)

　　死去元知万事空，但悲不见九州同。王师北定中原日，家祭无忘告乃翁。(《示儿》)

　　梦里都忘困晚途，纵横草疏论迁都。不知尽挽银河水，洗得平生习气无？(《记梦》)

　　羁魂憔悴远相寻，髭断肩寒带苦吟。归校药方缘底事，知君死抱济时心。(《梦宇文叔介》)

放翁的近体诗虽然没有他古诗的那样淋漓恣肆的精神，然而描写却变委婉了，意境深刻了，同时感慨也就沉痛了。

本来，北宋的几个皇帝都被金兵捉去了，一般遗老遗少被压迫得没有办法，只好把个帝都迁到南边来，成个偏安的局面。在这种奇耻未雪，应该是君臣卧薪尝胆的时候，而一般文人士大夫，居然一无其事地吟风弄月，大讲其享乐，大讲其理学，一点奋激也没有，一点羞辱也没有，所有的诗人都变成了死人。而这时居然有个陆游，在南宋靡靡的诗坛里面造成一种异响，给我们一点悲壮之感；激动那死去的情绪，作为激越的悲歌；姑无论其艺术的造诣若何，这种诗精神、诗内容的新开拓，已是"空谷足音"，已是"难能可贵"了。

　　　　一寸丹心空许国，满头白发却缘诗。

可惊的九十岁的高年，完成了放翁诗的风格，完成了放翁诗的技术，完成了放翁巨部头的杰作，完成了放翁在文学史上的永久生命，原来放翁是为诗而活着的。爱国的诗，仅仅是代表放翁的志愿怀抱，不足以表示放翁诗艺术的完美；我们要欣赏放翁诗艺术的完美，必须从放翁另一方面的诗去追求。

放翁的古诗本不甚佳，在他的壮歌里面，还带点豪放之气，算是可读。若一离开了国性的描写，则他的古诗更没有趣味了。放翁的律诗有时很精工，但因为刻于求精工，不免流于纤巧，如"画图省识惊春早，玉笛孤吹怨夜残。冷淡合教闲处着，清臞难遣俗人看"；又如"月兔捣霜供换骨，湘娥鼓瑟为招魂。孤城小驿初飞雪，断角残钟半掩门"，说是咏梅花，描写也不怎样精致，不过对仗工稳而已。据我们看来，放翁诗最大的造诣还是在绝句一方面，而且是在七言绝句。不妨先举几个例子如下：

> 城上斜阳画角哀，沈园无复旧池台。伤心桥下春波绿，曾是惊鸿照影来。(《沈园》)
>
> 行行不知溪路深，但怪素月生遥岑。不辞醉袖拂花絮，与子更醉青萝阴。(《溪上醉吟》)
>
> 为爱名花抵死狂，只愁风日损红芳。绿章夜奏通明殿，乞借春阴护海棠。(《花时遍游诸家园》)
>
> 海棠已过不成春，丝竹凄凉锁暗尘。眼看燕脂吹作雪，不须零落始愁人。(《花时遍游诸家园》)
>
> 不识如何唤作愁，东阡西陌且闲游。儿童共道先生醉，折得黄花插满头。(《小舟游近村》)
>
> 斜阳古柳赵家庄，负鼓盲翁正作场。死后是非谁管得，蒲村听说蔡中郎。(同上)
>
> 云里溪头已占春，小园又试晚妆新。放翁老去风情在，恼得梅花醉似人。(《红梅》)

哈哈，不觉便举下许多例子了。天纵放翁享高年，是留一点老去的风情来写情诗吧。这种抒情小诗在两宋的作家中是很稀罕的。因为这样，我们尤其珍贵放翁了。上面这些诗还不免有些文气，我们读了他的《吴娃曲》，用白话来描写，更有小诗的情趣：

> 满地花阴不闭门，琵琶抱恨立黄昏。妾身不似天边月，此夜此时重见君。
>
> 忘忧石榴深浅红，草花红紫亦成丛。明年开时不望见，只望郎君不著侬。
>
> 二月镜湖水拍天，禹王庙下斗龙船。龙船年年相似好，人自今年异去年。

放翁此诗是替友人作的。自注云:"友有妾而内不容,戏为作此。"不假雕饰,情意缠绵。若不是诗的感动力大,何以能消释大妇的妒悍,使一对有情人永言于好呢?

末了我们要归结到放翁诗的评论。

大约放翁的少年时代便已有诗名了。尝自叙:"余年二十时,尝作《菊枕》诗,颇传于人。"其《春愁曲》《续春愁曲》,自叙亦谓流传一时。至为孝宗激赏以后,则这位矜贵的诗人已名溥四海了。

同时的诗人大都是赞许《剑南诗》的,或评如怒猊扶石,渴骥奔泉;或评如翠岭明霞,碧溪初月,何足尽其胜概耶?他如范成大、刘克庄都是很替陆游夸饰的。《唐宋诗醇》著录南宋诗人,仅及放翁,亦可想见其诗之被珍贵于后世诗家了。

可是,放翁的诗也不是全然没有瑕疵的,掉书袋便是他的大毛病,理学化的诗便是他的大毛病,例如:

> 力不扶微学,心犹守旧闻。壁间科斗字,秦火岂能焚。(《读书》)
>
> 古人学问无遗力,少壮工夫老始成。纸上得来终觉浅,绝知此事要躬行。(《冬夜读书示子聿》)

这样酸的诗已经是"朱子格言"了,哪里还是诗?所幸陆游还不曾入理学派的魔,这样的酸诗也还不多,完全无贬损于陆游的诗誉。《四库总目提要》有一段关于陆游诗很好的批评,不妨写在后面:

> ……游诗清新刻露,而出以圆润,实能自辟一宗,不袭黄陈之旧格。刘克庄号为工诗,而《后村诗话》载游诗,仅摘其对偶之工,已为皮相。后人选其诗者,又略其感激豪宕

沉郁深婉之作，惟取其流连光景，可以剽窃移掇者，转相贩鬻。放翁诗派遂为论者口实。夫游之才情繁富，触手成吟。利钝互陈，诚所不免。……然其托兴深微，遣词雅隽者，全集之内，指不胜屈。安可以选者之误，集矢于作者哉。

此外，评列放翁亦有持贬损论者。唯仅及品格，无关诗旨。既无损于放翁诗的伟大，这里也不详举了。

第十五章

田园诗人范成大

自陶潜发现了田园诗，潜诗的园地开辟了一个新描写的境界。但是这个素淡而幽恬的境界，却不投功名心重的中国文人的嗜好。有时大家都要题几句隐逸的诗，以自鸣其高；其实有几个文人愿意老死柴扉的？即使有几个愿意过幽趣生活的诗人，也要寻名山胜水，僻静其居，决不肯与一般农民乡人共处，从那种低度的农村生活里面去寻求田园的诗趣的。有之，在唐朝或者可以找出半个，那便是储光羲——王维不能算，因为王维所表现的只是孤癖的诗人画家的幽趣，而不是农村中含有普遍性的田园乐。——在宋代我们只找得出一个范成大。

成大字致能，吴郡人。生于宣和七年（公元一一二五年，按与陆游同庚）。[①] 自号石湖居士（成大有别墅，曰石湖，山水之胜，东南绝境也）。他原来也不是隐逸诗人，他做官做得很久。绍兴二十四年擢进士第，授户部曹，累迁著作佐郎，除吏部郎官。曾使金。后做四川制置使，表名士节，罗致人才，蜀士归心。往后又节节做上高官，晚年进大学士，绍熙

---

① 据《辞海》，范成大生于1126年，即靖康元年。——编者注

四年卒（公元一一九三年）。全集有一百三十六卷（《宋史·艺文志》及《书录解题》著录），又有《石湖别集》二十九卷，《石湖居士文集》若干卷。其《石湖诗集》三十四卷（内一卷载赋六首，楚辞四首），凡古今体诗一千九百余首，这是范石湖自己编定的一部诗稿。

范石湖也是由江西诗派出身，而却不曾被拘曲于江西派的诗人。我们似乎不容易指明哪几个古作家是影响于石湖最大的，但他诗集里面却有几首诗很引起我们注意。如《夜宴曲》与《神弦》二首，自注效李贺；又《乐神曲》《缲丝行》《田家留客行》《催租行》四首，自注效王建。这自然关系于石湖诗很深的，且各举一例如下：

> 双娥一去三千秋，粉篁春泪凝古愁。神鼍悲鸣老龙怨，水为翻澜云为留。素空逗露晚花泣，神官行水鳞僮湿。潮声不平江风急，苍梧冥茫九山立。（《神弦》）
>
> 小麦青青大麦黄，原头日出天色凉。姑妇相呼有忙事，舍后煮茧门前香。缲车嘈嘈似风雨，茧厚丝长无断缕。今年那暇织绢著，明日西门卖丝去。（《缲丝行》）

《石湖诗集》中实在很少见这种离奇风格的诗，若不是自注明效李贺、王建，我们一定要怀疑到这是否石湖制作的问题了。据《四库总目提要》云："如《西江有单鹄行》《河豚叹》，则杂长庆之体；《嘲里人新婚诗》《春晚三首》《隆师四图》诸作，则全为晚唐五代之音，其门径皆可覆案。"大约石湖少年时代酷爱唐音，受唐诗之影响亦大，故多拟摹之作。到了后来，诗的造诣日深，便自然而然地脱掉了这种浅薄的模拟衣裳了。

石湖诗的成就也是在他的七言绝句，不在古诗，也不在律诗。五绝间有佳作，如《道中古意》《双燕》《高楼曲》《湘江怨》……

　　　　桃李寂无言，垂杨照溪绿。不见苎萝人，空歌吟《若邪
　　曲》。(《道中古意》)

石湖七绝诗的好处，是在具有抒情诗的意味，不像他的古诗、
律诗，现出一副呆板的面孔，能够很"流丽"地"婉峭"地
写出来。

　　　　昭光殿下起楼台，拚得山河付酒杯。春色已从金井去，
　　月华空上石头来。(《胭脂井》)
　　　　阴阴垂柳闭朱门，一曲阑干一断魂。手把青梅春已去，
　　满城风雨怕黄昏。(《春晚》)
　　　　客去钩窗咏小诗，游丝撩乱柳花稀。微风尽日吹芳草，
　　蝴蝶双双贴地飞。(同上)

在石湖集中，抒情诗异常贫乏，偶然几首，也没有浓厚的情
调。集中最丰富的是即景诗。在那些即景诗里面，我们看出
石湖的诗很有写实的意味。

　　　　松梢台殿郁高标，山转溪回一水朝。不惜褰裳呼小渡，
　　夜来春涨失浮桥。(《游宁国奉圣寺》)
　　　　虎啸狐鸣苦竹丛，魂惊终日走蒙茸。松林断处前山缺，
　　又见南湖数十峰。(《衰山道中》)
　　　　昨夜新霜冷钓矶，绿荷消瘦碧芦肥。一江秋色无人问，
　　尽属风标雨雪衣。(《题秋鹭图》)
　　　　阵阵轻寒细马骄，竹林茅店小帘招。东风已绿南溪水，
　　更染溪南万柳条。(《自横塘桥过黄山》)
　　　　一川新涨熨秋光，挂起篷窗受晚凉。杨柳无穷蝉不断，
　　好风将梦过横塘。(《立秋后二日泛舟越来溪》)

南浦春来绿一川，石桥朱塔两依然。年年送客横塘路，细雨垂杨系画船。(《横塘》)

哦，每一首诗都是一幅诗意的画图展开。石湖真是描绘自然的圣手，他能够握住微妙的画境，轻描淡写地表现到诗里面来。这固然一方面要推许石湖观察的灵活入微，一方面也是由于作者描写的活泼与轻巧。有了这样描写自然的圣手，当然不难创造伟大的田园诗出来。

不错，范石湖的伟大的价值，完全建设在他的田园诗上面。

我们知道陶渊明的田园诗，只是描写主观的田园乐，和描写物我俱化的田园乐。具体点说，就是"悠然见南山"式的田园乐。这种描写，作品里面往往表现着作者极强烈的个性，而失掉作品的物观性。范石湖的田园诗，便恰恰与此相反。石湖的描写，是注意怎样细密地去表现田园的物观性——这个所谓田园，自然是指人性活动里面的田园，决不是单指一块田，一块园——而不用力于作者个性的抒发。这样说，石湖的田园诗乃是富有写实主义精神的作品。

《石湖诗集》卷二十七，载《四时田园杂兴》六十首。自注云："淳熙丙午，沉疴少纾，复至石湖旧隐。野外即事，辄书一绝。终岁得六十篇，号《四时田园杂兴》。"石湖的田园诗自然决不止此，现在为举例方便起见，将这几十首诗的性质类分五组，选录十八首在下面。

第一组：《春日田园杂兴》。

柳花深巷午鸡声，桑叶尖新绿未成。坐睡觉来无一事，满窗晴日看蚕生。

土膏欲动雨频催，万草千花一饷开。舍后荒畦犹绿秀，邻家鞭笋过墙来。

高田二麦接山青，傍水低田绿未耕。桃杏满村春似锦，踏歌椎鼓过清明。

　　社下烧钱鼓似雷，日斜扶得醉翁回。青枝满地花狼藉，知是儿孙斗草来。

　　骑吹东来里巷喧，行春车马闹如烟。系牛莫碍门前路，移系门西碌碡边。

　　吉日初开种稻包，南山雷动雨连宵。今年不欠秧田水，新涨看看拍小桥。

　　桑下春蔬绿满畦，菘心青嫩芥苔肥。溪头洗择店头卖，日暮裹盐沽酒归。

第二组：《晚春田园杂兴》。

　　蝴蝶双双入菜花，日长无客到田家。鸡飞过篱犬吠窦，知有行商来买茶。

　　谷雨如丝复似尘，煮瓶浮蜡正尝新。牡丹破萼樱桃熟，未许飞花添却春。

　　雨后山家起较迟，天窗晚色半熹微。老翁敧枕听莺啭，童子开门放燕飞。

第三组：《夏日田园杂兴》。

　　梅子金黄杏子肥，麦花雪白菜花稀。日长篱落无人过，惟有蜻蜓蛱蝶飞。

　　昼出耘田夜绩麻，村庄儿女各当家。童孙未解供耕织，也傍桑阴学种瓜。

　　千顷芙蕖放棹嬉，花深迷路晚忘归。家人暗识船行处，时有惊忙小鸭飞。

第四组：《秋日田园杂兴》。

静看檐蛛结网低，无端妨碍小虫飞。蜻蜓倒挂蜂儿窘，催唤山童为解围。

秋来只怕雨垂垂，甲子无云万事宜。获稻毕工随晒谷，直须晴到入仓时。

新筑场泥镜面平，家家打稻趁霜晴。笑歌声里轻雷动，一夜连枷响到明。

第五组:《冬日田园杂兴》。

松节然膏当烛笼，凝烟如墨暗房栊。晚来拭净南窗纸，便觉斜阳一倍红。

放船闲看雪山晴，风定奇寒晚更凝。坐听一篙珠玉碎，不知湖面已成冰。

由陶渊明的田园诗到范石湖的田园诗，是由主观地描写到近客观地描写。我们很不愿意轻率地去判断这两位诗人的艺术高下，但只觉得诗的作法与所取的题材都不相同。唯其所取的题材不同，所以范石湖能够在陶诗以外开拓他田园诗描写的新疆域；唯其作法不同，所以范石湖能自创田园诗的新生命。

同时代的诗人，杨万里是最替范石湖夸饰的。在他的《石湖诗集序》里面有一段话说:

> 公训诂具西汉之尔雅；赋篇有杜牧之之刻深；骚词得楚人之幽婉；序山水则柳子厚；传任侠则太史迁。至于诗，大篇决流，短章敛芒。缛而不酿，缩而不僒。清新妩丽，奄有鲍谢；奔逸俊伟，穷追太白。求其只字之陈陈，一倡之呜呜，而不可得也。今海内诗人不过三四，而公皆过之，无不及者。予于诗岂敢以千里畏人者，而于公独敛衽焉。

我们对于杨万里这种过分的夸饰不能不提出抗议。石湖实在不是一个高明的文章家或赋家，他只是一个诗人，他只是一个田园诗人。他除具有描写田园山水的圣手外，连别的诗都不大作得好的。随便举一个例，如《偶书》一诗：

出处由人不系天，痴儿富贵更求仙。东家就食西家宿，世事何缘得两全。

像这样不高明的诗，在《石湖诗集》里面实在不少。然而，这也无损于诗人吧，田园诗的开拓，早已确定范石湖在文学史上高贵的地位了。

第十六章

白话诗人杨万里

杨万里是陆游、范成大的诗友，并且同是齐名的诗人。除开陆游、范成大，南宋恐怕再不容易找像杨万里的大诗人；除开陆游，全宋都没有像杨万里作品丰富的作家。他的诗集有九种，四十二卷，四千余首；全集共一百三十三卷，八十余万言。由其作集卷帙之繁，可想见其致力于文学之工了。

万里字廷秀，吉州吉水人。绍兴进士，为秘书监。累官宝文阁待制。张浚尝勉以诚意正心之学，遂名书室曰诚斋，自号诚斋野客。他是位很讲究名节的诗人，由集中所载乞留张栻，力争吕颐浩等配享诸奏议，可想见其人的风采。因不肯作《南国记》，忤韩侂胄，不得志于朝。后来他的朋友陆游替韩侂胄作了这篇记，他还寄了诗去劝陆游，有"不应李杜翻鲸海，更羡夔龙集凤池"之句，其品格之高，可见一斑。《江湖集》里面有一首诗，似乎是很可以象征杨万里的人格和怀抱的：

> 未与骚人当糗粮，况随流俗作重阳。政缘在野有幽色，肯为无人减妙香。已晚相逢半山碧，便忙也折一枝黄。花应冷笑东篱族，犹向陶翁觅宠光。（《野菊》）

这首诗虽然作得不大好，然而很能够使我们了解杨万里的个性。从前的文人是很重名节的，所以杨万里很为当代所推重。《四库总目提要》亦谓："以诗品论，万里不及游之锻炼工细；以人品论，则万里偶乎远矣。"

因为万里的人品为人所矜贵，跟着他的诗也更为人所矜贵了。

现在，我们进而论万里的诗。万里诗集流传下来的共有九种，大约都是中年以后到晚年的作品，每一作集的时代、地域与作风都很有不同，根据万里的自叙，分述各集的性质如下：

（一）《江湖集》 此集共七卷，诗七百二十首。作于公元一一六二年至一一七七年。《自叙》云："《江湖集》者盖学后山及半山及唐人者也。"

（二）《荆溪集》 此集共五卷，诗四百九十二首。作于公元一一七八年及一一七九年间。这是杨万里诗风变化的一大转钮，《自叙》云："作诗忽若有寤，于是辞谢唐人及王、陈、江西诸君子，皆不敢学，而后欣如也。"

（三）《西归集》 此集共二卷，诗二百首，盖一年间的作品也（公元一一七九年至一一八〇年）。题名《西归集》者，以万里自广东解职西归返里，诗皆旅途中作，故以西归题名。

（四）《南海集》 此集四卷。《自叙》云："自庚子至壬寅，有诗四百首（公元一一八〇年至一一八二年），如《竹枝歌》等篇，每举以献友人尤延之，延之必击节，以为有刘梦得之味，予未敢信也。……延之尝云：予诗每变每进。能变矣，未知犹进否！"

（五）《朝天集》 此集共六卷，诗四百首。作于一一八四年至一一八七年。据他的《自叙》，原来杨万里自作《南海集》后，病废一年，没有作诗。往下的诗都是甲辰年以后在朝廷作的，故集名《朝天》。

（六）《江西道院集》 此集共三卷，诗二百五十首。作于公元一一八八年至一一八九年。《自叙》云："……帝有旨，畀郡。寻赐江西道院，盖山水之窟宅，诗人之渊林也。"这二百多首诗，乃杨万里在郡时及归途中作。

（七）《朝天续集》 此集共四卷，诗三百五十首。作于公元一一九〇年。《自叙》云："昔岁自江西道院召归册府，未几而有廷劳使客之命，于是始得观涛江，历淮楚，尽见东南之奇观，如《渡扬子江》二诗，予大儿长孺举似于范石湖、尤梁溪二公间，皆以为余诗又变，余亦不自知也。"

（八）《江东集》 此集共五卷，诗五百首。作于公元一一九〇年至一一九二年。乃万里官江东副漕时，在金陵、广德、宣池、徽歙、饶信、南康、太平诸地所作。

（九）《退休集》 此集共七卷，诗八百余首。作于公元一一九二年以后。万里活了八十三岁，这些诗便是他晚年的作物。

方回著《瀛奎律髓》称万里："一官一集，每一集必一变。"我们若是仔细去分析，也许可以说万里每一种诗集，都具有不同的格调；但就大体观察，则万里的诗不妨分作两个时期。前期是模拟的时期；后期是自创的时期。

模拟时期的《诚斋诗》又可以分为三个变迁的段落。万里《自叙》云："予生好为诗。初好之，既而厌之。至绍兴壬午，予诗始变。予乃喜，既而又厌之。至乾道庚寅，予诗又变。至淳熙丁酉，予诗又变……"（《诚斋南海诗集序》）据万里的《自叙》，可知万里的诗至少有三次的变迁。这几次的变迁却都没有脱离模拟的圈套儿。现在进一步来分析这几次变迁的内幕：

在绍兴壬午以前的《诚斋诗》，是模拟江西宗派的时期，大约万里少年时代的诗都包括在内。其《江湖集序》云："予少作有诗千余篇，至绍兴壬午七月皆焚之，大概江西体也。"这已经很明显地指出少年时期的万里诗，完全是江西派的追求者。虽然那时期的作品已经不存，但在《江湖集》里面很容易看出江西体的痕迹。例如《涉小溪宿淡山》诗：

> 径仄愁斜步，溪深怯正看。破船能不渡，晴色敢辞寒。白退山云细，青还玉宇宽。险艰明已济，魂梦未渠安。

这种诗生涩瘦硬，依然是江西派的末流。原来杨万里对于黄山谷的诗是异样崇拜的，其《灯下读山谷诗》有云："百年人物今安在，千载功名纸半张。使我诗篇如许好，关人身世亦何妨。"在他的《诚斋诗话》里面也累累称道黄山谷的诗法，则可见其入江西诗派的门径之深了。

杨万里诗格的第一次变迁，乃是由模拟江西派变到模拟王安石与陈师道。这也是杨万里自己说过的："予之诗始学江西诸君子，既又学后山五字律；既又学半山老人七字绝……"我们知道陈师道虽号称江西诗派中人，但其诗实有自创的诗格；王安石的诗更是有特立独行的格调与气象。万里学他们的诗很费了些时间。自谓"学之愈力，作之愈寡"。《江湖集》里面只有七百多首诗，却写了六年，亦可见其学诗用功之苦了。

杨万里诗格的第二次变迁，乃是由模拟王安石、陈师道变到模拟唐诗。万里自己也是这样说："晚乃学绝句于唐人。"万里对于唐诗似乎最尊重晚唐，在他的《黄御史集序》说："诗至唐而盛，至晚唐而工。盖当时以此设科而取士，士皆争竭其心思而为之，故其工后世无及焉。"

万里诗里面的唐诗风味，也可以从《江湖集》里面看出来。

以上是万里诗模拟的三个时期，这三个时期的诗全以《江湖集》为代表。到了万里诗格的第三次变迁，便脱离了模拟时期而入于自创的时期了。这种分期以公元一一七七年为鸿沟。踏入了一一七七年以后的诗，乃是万里所谓"是日即作诗，忽若有寤，于是辞谢唐人及王、陈、江西诸君子，皆不敢学，而后欣如也"的自成风格的诗，便是当时所称的"诚斋体"。这种变迁的痕迹在《荆溪集》里面很容易看出来，这种"诚斋体"的代表作，便是《荆溪集》以后的诗。

我们如果不忘记万里，则这位诗人的伟大，也从他自创的诗体——诚斋体——里面表现出来。

我们说杨万里是一位白话诗人，这句话大概不会很错吧。

在这里我们要注意万里诗第三次的变迁，要注意万里"忽若有寤"的情态。那时在荆溪，当万里作诗的时候，他自己说："试令儿辈操笔，予口占数首，则浏浏焉无复前日之轧轧矣。自此每过午，吏散庭空，即携一便面，步后园，登古城，采撷杞菊，攀翻花竹，万象毕来献予诗材，盖麾之不去，前者未酬，而后者已迫，涣然未觉作诗之难也。"在这一段话里面，我们得着万里诗转变的两个要点：

第一，杨万里以前所学的江西派，王安石、陈师道，都是极讲究诗的推敲的。江西诗宗派綦严，固无论矣；安石作诗注重作法，一字一句均不可苟，可谓推敲之甚；师道作诗，尤重苦吟。万里为了学他们的诗费了几年的苦心，仅仅写了一部《江湖集》。唐诗虽不重技巧，然要模拟唐诗，则又不能不从字句神韵上去用功夫。这可使万里厌烦于作诗了。现在既不用模拟，而且用白话写来，自由放肆，一点也不觉得累赘，所以万里惊喜欲狂地说"浏浏焉无复前日之轧轧矣"，

"涣然未觉作诗之难也"。

第二，万里以前的诗既全重模拟，故其诗描写的对象乃古人之诗，全在技术上用功夫；现在万里既脱离了模拟的藩篱，不拘曲于字句神韵，其描写的对象，乃迁移到自然界去了。诗描写的范围也扩大了，任作者去抒写吟咏。故万里欣欣然说"采撷杞菊，攀翻花竹，万象毕来献予诗材"，而"麾之不去"了。这也是由于弃模拟而重创制，才能够使杨万里由"翻古书""读古诗"变而为"步后园""登古城"呢。

在这里最值得我们注视的，就是杨万里在他用白话写自由诗的时候，发现了一个伟大的诗人，最使他讴歌崇拜的，那是中唐的诗人白居易。试看万里的《读白氏长庆集》：

> 每读乐天诗，一读一回好。少时不知爱，知爱今已老。初哦殊欢欣，熟味忽烦恼。多方遣外累，半已动中抱。事去何必追，心净不须扫。追叹欲扫愁，自遣还自扰。不如卷此诗，唤酒一醉倒……

乐天诗居然能够使万里忽欣忽愁忽笑忽恼，可见其入魔之深。万里之诵歌白诗也不是偶然的一次，在他晚年的诗还说到："病里无聊费扫除，节中不饮更愁予。偶然一读《香山集》，不但无愁病亦无。"（《端午病中止酒》）读乐天诗竟至可以消愁却病，则万里嗜好白诗之深，更可想见了。我们知道白乐天是著名的白话诗人，而万里这样倾倒地崇拜他，则万里的白话诗受白诗的影响，一定是很深很深而无疑义的。

往下，我们要介绍这种"诚斋体"的诗：

> 溪边小立苦待月，月知人意偏迟出。归来闭户闷不看，忽然飞上千峰端。却登钓雪聊一望，冰轮正挂松梢上。诗人爱月爱中秋，有人问侬侬掉头。一年月色只腊里，雪汁揩磨

霜水洗。八荒万里一青天，碧潭浮出白玉盘。更约梅花作渠
伴，中秋不是欠此段？（《钓雪舟中霜夜望月》）

万里的长诗很多是全用俚语写成，如《中秋玩月》《醉吟》都
是很好的作品。他的小诗也是一样用活泼的口白写成，如
《过真阳峡》："百滩千港几涛波，聚入真阳也未多。若遣峡山
生塞了，不知江水倒流么？"又如《江上松径》："一日江行
百折中，回头犹见夜来峰。好山十里都如画，更与横排一径
松。"这样清新活泼的白话小诗在诚斋诗里面很多，不嫌再举
几个例：

> 雨来细细复疏疏，纵不能多不肯无。似妒诗人山入眼，
> 千峰故隔一帘珠。（《小雨》）
> 夕凉恰恰好溪行，暮色催人底急生。半途蛙声迎步止，
> 一荧松火隔篱明。（《夏至雨霁与陈履常暮行溪上》）
> 数间茅屋傍山根，一队儿童出竹门。只爱行穿杨柳渡，
> 不知失却李花村。（《与子仁登天柱冈过胡家塘蓴塘归东园》）
> 雨歇林间凉自生，风穿径里晓逾清。意行偶到无人处，
> 惊起山禽我亦惊。（《桧径晓步》）
> 篱落疏疏一径深，树头先落未成阴。儿童急走追黄蝶，
> 飞入菜花无处寻。（《宿新市徐公店》）
> 雾外江山看不真，只凭鸡犬认前村。渡船满板霜如雪，
> 印我青鞋第一痕。（《庚子正月五日晓过大皋渡》）
> 山路婷婷小树梅，为谁零落为谁开？多情也恨无人赏，
> 故遣低枝拂面来。（《明发房溪》）

万里作诗，有时也很爱苦吟，在他的《书莫读》一诗中便很
道作诗之苦，如"读书两眼枯见骨，吟诗个字呕出心""口
吻长作秋虫声，只令君瘦令君老"。可是万里的诗不全是这样
艰苦"作"成的，他的白话小诗往往是拈笔"写"成的，如

《次李与贤韵》："休道曹诗成七步，不须三步已诗成。"又云："诗如得句偶然来。"可见其作诗的敏捷了。周必大是不很赞许万里诗的人（据《宋史·杨万里传》），他跋诚斋诗也说："诚斋大篇短章，七步而成，一字不改，皆扫千军，倒三峡，穿天心，出月胁之语。至于状物姿态，写人情意，则铺叙纤悉，曲尽其妙，笔端有口，句中有眼。"方回也称其："虽沿江西诗派之末流，不免有颓唐粗俚之处，而才思健拔，包孕富有，自为南宋一作手，非后来四灵江湖诸派可得而并称。"于此，可见杨万里在诗坛所负的文誉了。

虽然，万里的诗也不是全然没有瑕疵的。

我们知道白话诗的大忌，是用俚语来故作对仗语和变成打油诗的腔调。万里的诗却很爱对仗，如什么"人物王兼谢，诗声岛与郊"，如什么"偶看清晓双双蝶，飞遍黄花一一枝"。很多腐而且酸的对仗在集中不胜例举。又如《寒鸡》诗："寒鸡睡着不知晨，多谢钟声唤起人。明晓莫教钟睡着，被他鸡笑不须嗔。"这种诗毫无意境，已显油滑的腔调。更坏的呢，那简直更不是诗了。例如：

> 守臣两月祷山川，诏旨才颁便沛然。不是格天缘诏旨，忧民天子本如天。（《六月喜雨》）
> 王黄二盗久驰声，手捧腰刀白昼行。逢着村人持一物，喝令放下敢谁争？（《山歌呈太守胡平一》）

在《朝天集》里面，便很多这样的坏诗。万里当时以品节自矜，受理学派的影响很深，所以他的诗也不免染了语录式的口吻，生硬而不灵活，呆板而失意趣，写不出好的抒情诗来。这是杨万里白话诗的一大缺点。可是，两宋的诗坛里面，仅仅杨万里配说是白话诗人，也就值得我们的矜贵了，叶燮

《原诗》至谓："宋人富于诗者，莫过于杨万里、周必大，此两人作，几无一首一句可采。"周必大且不必论，谓万里的诗无一首一句可采，则未免过分贬损一点了吧。

第十七章

反江西派的诗人

自元祐以后，江西诗派的势力便占据了全宋的诗坛。系统相传，迄于南宋，江西诗的风气更加嚣张了。仿佛被称为江西派中人便值得骄傲，不学江西诗便不时髦。大诗人如陈与义、陆游、范成大，杨万里虽不是江西嫡派，多少也受了一点江西诗的影响。其余的小诗人则更不必说，完全沉湎在这个宗派的风气里面。

话虽如此，江西诗派也不是牢笼了一切诗人的。加以到了南宋，我们只看见江西派风气的卑靡，能够如黄庭坚、陈师道的诗人固然一个也没有，即稍能诵读的作品也极其稀罕。因此一般有为的作家，都尽力离开江西派的堡垒，而自求发展。我们能够列举的，有两种的诗人，他们的作风完全与江西诗相反：

（1）理学家的诗

（2）词人的诗

理学家作诗是用朴实浅俗的语录笔调，词人作诗是用婉曲和谐的笔调，与江西派的生硬拗捩的作风绝对不相容，所以都与江西派异道扬镳，各走各的路。但因理学家最大的努力在于理学，词人最大的努力在于词，他们只是"余事作诗人"，并不如江西诗人的专心致志于诗；故虽自成风气，另具诗格，却并不以此名家。他们的诗也却不很引起一般人的视听。然而，他们在诗里面所表现的成绩却比江西派高明多了。

理学派试以朱熹为例，词人试以姜夔为例。

朱熹字元晦，婺源人。官至焕章阁待制侍读。他虽是著名的理学家，他的诗却不像那些理学家诗的酸腐。《贞一斋诗话》说"南宋陆、范齐名，范石湖决配不上陆游，惟紫阳朱子可以当之"。又说"紫阳雅正明洁，断推南宋一大家"。这种话是不错的，我们且看他的作品：

> 十里青山荫碧湖，湖边风物画难如。夕阳茅舍客沽酒，明月小桥人钓鱼。旧卜草庄临水竹，来寻野叟问耕锄。他年待挂衣冠后，乘兴扁舟取次居。（《题湖边庄》）
>
> 一曲溪边上钓船，幔亭峰影蘸晴川。虹桥一断无消息，万壑千岩锁翠烟。（《武夷棹歌》十首之一）
>
> 二曲亭亭玉女峰，插花临水为谁容？道人不复阳台梦，兴入前山翠几重？（十首之二）
>
> 郁郁层峦夹岸青，春山绿水去无声。烟波一棹知何许，鶗鸠两山相对鸣。（《水口行舟》）

朱熹学是理学派，诗非理学诗。论者以拟岑嘉州。

姜夔字尧章，鄱阳人。学诗于萧千岩。因寓吴兴，与白石洞天为邻，自号白石道人。隐居不仕，啸傲山水，与范石湖、杨万里诸人相吟咏酬唱。其词负一代盛名，诗亦甚工：

> 细雨穿沙雪半销，吴宫烟冷水迢迢。梅花竹里无人见，一夜吹香过石桥。（《除夜自石湖归苕溪》）
>
> 自作新词韵最娇，小红低唱我吹箫。曲终过尽松林路，

回首烟波十四桥。(《过垂虹》)

　　夜暗归云绕柁牙,江涵星影鹭眠沙。行人怅望苏台柳,曾与吴王扫落花。(《姑苏怀古》)

　　老去无心听管弦,病来杯酒不相便。人生难得秋前雨,乞我虚堂自在眠。(《平甫见招不欲往》)

姜白石诗稿《自序》云:"尤延之先生为余言,近世士人,喜宗江西,温润有如范致能者乎?痛快有如杨廷秀者乎?高古如萧东夫,俊逸如陆务观,是皆出自机杼,岂有可观者,又奚以江西为?"即此可见南宋尤延之、姜白石一派诗人已经很深地歧视江西诗派了。

　　到了永嘉四灵诗人,则更显著地标出反江西派的旗帜。

　　怎样叫作"永嘉四灵"?因为有四个诗人,都是永嘉人,他们的字又都有个"灵"字,又同是反江西派的诗人,所以文学史上给他们一个"永嘉四灵"的名号。这四诗人是谁?即徐照、徐玑、翁卷、赵师秀。他们共同的作风,就是摒除江西诗的气习,效晚唐贾岛、姚合之体,以清苦为工。他们的诗最工五律,赵师秀尝言:"一篇幸止有四十字,更增一字,吾未如之何矣。"其雕绘之刻苦有如此者。

　　徐照字道晖,一字灵晖,四灵之首也。自号山民。叶适称其诗"皆横绝欸起,冰悬雪跨,使读者变踔僇慄,肯首吟叹不自已。然无异语,皆人所知也,人不能道耳"。其诗有《芳兰轩集》。例如:

　　中妇扫蚕蚁,挈篮桑叶间。小姑摘新茶,日斜下前山。(《春日曲》)

　　山水七百里,上有青枫林。啼猿不自愁,愁落行人心。(《三峡吟》)

　　莫愁石城住,今来无莫愁。只重石城水,曾泛莫愁舟。

（《莫愁曲》）

初与君相知，便欲肺肠倾。只拟君肺肠，与妾相似生。徘徊几言笑，始悟非真情。妾情不可收，悔思泪盈盈。（《妾薄命》）

小船停桨逐潮还，四五人家住一湾。贪看晓光侵月色，不知云气失前山。（《舟上》）

嫩叶吹风不自持，浅黄微绿映清池。玉人未识分离恨，折向堂前学画眉。（《柳叶词》）

徐玑字文渊，一字致中，号灵渊。原晋江人，迁居永嘉。历官建安主簿，龙溪丞，武当、长泰令。年五十二（公元一一六二年至一二一四年）。尝与徐照等论诗曰："昔人以浮声切响，单字只句计巧拙，盖风骚之至精也。近世乃连篇累牍，汗漫而无禁，岂能名家哉！"著有《二薇亭集》。诗如：

西野芳菲路，春风正可寻。山城依曲渚，古渡入修林。长日多飞絮，游人爱绿荫。晚来歌吹起，惟觉画堂深。（《春日游张提举园池》）

轻烟漠漠雾绵绵，野色笼青傍屋前。尽说漳南风水好，众山围绕一山圆。（《漳州圆山》）

路绕山根石磴斜，小桥流水树交加。柴门半掩人稀到，五里牌边三四家。（《五里牌边》）

翁卷字灵舒，又字续古。著有《苇碧轩集》。徐玑《书翁卷诗集后》诗云："五字极难精，知君合有名。磨砻双鬓改，收拾一编成。"刘克庄亦有《赠翁卷》诗云："非止擅唐风，尤于选体工。有时千载事，只在一联中。"可见其诗的精工。叶适序其诗，亦称为"自吐性情，靡所依傍"。例如：

幽兴苦相引，水边行复行。不知今夜月，曾动几人情？

光逼流萤断，寒侵宿鸟惊。欲归独未忍，清露滴三更。(《中秋步月》)

百事已无机，空林不掩扉。蜂沾朝露出，鹤带晚云归。石老苔为貌，松寒薜作衣。山翁与渔父，相过转依依。(《书隐者所居》)

绿遍山原白满川，子规声里雨如烟。乡村四月闲人少，才了蚕桑又插田。(《乡村四月》)

赵师秀字紫芝，号灵秀。名居四灵之末，而诗实四灵之首。其作风主和平圆润。尝云："莫因饶楚思，词体失和平。"又自谓"诗篇老渐圆"。《梅磵诗话》载："杜小山末尝问句法于赵紫芝，答之云：'但能饱吃梅花数斗，胸次玲珑，自能作诗。'"著有《清苑斋集》。诗如：

一面见溪水，三边皆翠微。晚来虚槛外，秋近白云飞。重至恰身老，同吟感客非。灵山自如画，依旧隔斜晖。(《灵山阁见二徐友旧题句》)

月色一庭深，迢遥千里心。湘江连底见，秋客与谁吟？寒入吹城角，光凝宿竹禽。亦知同不寝，难得梦相寻。(《月夜怀徐照》)

黄梅时节家家雨，青草池塘处处蛙。有约不来过夜半，闲敲棋子落灯花。(《约客》)

赵师秀的描写很有些精工的，如"疏林放得遥山出，又被云遮一半无"；如"微雨过时松路黑，野萤飞出照青苔"；如"远爱柳林霜后色，一如春至欲黄时"，都是在诗中展开一幅活跃的画图来。但也有对仗很坏的，如"潇水添湘阔"，却对上一句渺无关系的"唐碑入宋稀"。据《诗人玉屑》所载，师秀也是一位敲诗大家，所以《四库提要》称其"多得武功一派，专以炼句为工，而句法又以炼字为要"。然而，在四灵中，赵师秀总要算是最可矜贵的作家了。

总之，永嘉四灵之所以能够在宋诗里面独树一帜，可以说完全因为反江西诗的缘故。至于他们自己在诗里面的成绩，也很不为一般诗话家所满。《寒厅诗话》："四灵以清苦为诗，一洗黄、陈之恶气象，狞面目；然间架大狭，学问大浅，更不如黄、陈有力也。"此外《沧浪诗话》与《对床夜话》，对于四灵诗都很有贬损的批评。

继四灵派而起的有江湖派，他们也同样严峻地反对江西诗的作风。戴复古有诗云："举世吟哦推李杜，时人不识有陈黄"，也可概见当时反江西诗风气之盛了。江湖派的由来是这样的：最初，宝庆初年，有钱塘书贾陈起者能诗，凡江湖诗人，俱与之善。因取江湖之士以诗著者，凡六十二家，刊为《江湖小集》。后来这些《江湖小集》里面的作家，都被称为江湖派。（据方回《瀛奎律髓》）《四库提要》云："四灵一派，撷晚唐清巧之思；江湖一派，多五季衰飒之习。"其意似尊四灵体而贬江湖派。但据《沧浪诗话》所云，则江湖诗人多效四灵之体，盖亦宗尚晚唐者也。多数的江湖诗人自值不得我们来研究，然其中有几个名贵的诗人——刘克庄、戴复古、方岳——却不能不有相当的介绍。

刘克庄字潜夫，莆田人。以荫入仕，官至龙图阁直学士。他少年时的诗很受四灵的影响，后乃自成一家。著有《后村诗话》。他也和陆游一样是具有英雄气魄的诗人，在他的晚年时诗里面，还常常流露出壮阔的回忆和老迈的感慨来：

> 瘝痍中原独着鞭，往来绝域几餐毡。封侯反出李蔡下，成佛却居灵运先。八百里烹飨军炙，九千缣辇作碑钱。只今谁是田横客，回首荒丘一慨然。（《梦方孚若》）

克庄的诗，论者谓其近杨万里。就文字的俚俗讲，这两位诗人也实在是有几分相像。例如：

> 稚子呼牛妇馌耕，早秧水足麦风清。老农喜极还垂涕，白首安知再太平！（《泛舟十绝之九》）
>
> 溪北溪南一雨通，山村佳处便掀篷。老身不怕无安处，着在渔翁保社中。（《泛舟十绝之八》）
>
> 城中人怪我，清旦买芒鞋。君若知其趣，还应日日来。（《宿山中》）
>
> 霜下石桥滑，蛩吟茅店清。梦回残月在，错认是天明。（《答妇兄林公遇》）

戴复古字式之，天台黄岩人。居南塘石屏山，因以自号。传其游江西，有富家以女妻之。三年思归，乃言曾娶妇。翁怒，女曲解之。临行赠词有"惜多才，怜命薄，无计可留汝"的悲句。戴后乃投江而死云云。

复古曾学诗法于陆游，后又历游江、汉、淮、粤各地，诗乃益进。以诗鸣于江湖间者凡五十年。尝自云："诗不可计迟速，每一得句，或终年而成篇。"可见其吟咏之工苦。有《石屏集》。诗如：

> 浔阳江头秋月明，黄芦叶底秋风声。银龙行酒送归客，丈夫不为儿女情。隔船琵琶自愁思，何预江州司马事？为渠感激作歌行，一写六百十六字。白乐天！白乐天！平生多为达者语，到此胡为不释然？弗堪谪宦便归去，庐山政接柴桑路。不寻黄菊伴渊明，忍泣青衫对商妇。（《琵琶行》）
>
> 池塘渴雨蛙声少，庭院无人燕语长。午枕不成春草梦，落花风静煮茶香。（《晚春》）
>
> 江头落日照平沙，潮退渔船阁岸斜。白鸟一双临水立，见人惊起入芦花。（《江村晚眺》）

方岳字巨山，号秋崖，新安祁门人。官至吏部侍郎。《宋诗钞》称其："诗主清新，工于镂琢。故刻意入妙，则逸韵横流。虽少岳渎之观，其光怪足宝矣。"著有《秋崖集》。诗如：

> 我爱山居好，红稠处处花。云粘居士屩，藤覆野人家。入馔春烧笋，分灯夜作茶。无人共襟抱，烟雨话桑麻。（《山居》）

方岳宦途失意，坎壈终身，其诗颇多田园之作，描写亦极像真：

> 春雨初晴水拍堤，村南村北鹁鸪啼。含风宿麦青相接，刺水柔秧绿未齐。（《农谣》）
> 小麦青青大麦黄，护田沙径绕羊肠。秧畦岸岸水初饱，尘甑家家饭已香。（其二）
> 雨过一村桑柘烟，林梢日暮鸟声妍。青裙老姥遥相语，今岁春寒蚕未眠。（其三）
> 漠漠余香着草花，森森柔绿长桑麻。池塘水满蛙成市，门巷春深燕作家。（其四）

你看，这种描写多么清新，多么真实，好像几个田妪农妇活现在我们面前，好像十里稻香的风味便扑上我们的鼻头。真的，如此的杰作，决不在范成大田园诗之下。不过因为作者诗名不高，便被忽视过去了。这位作家实在是白描的圣手，不嫌再举一诗作例：

> 此路难为别，丹枫似去年。人行秋色里，雁落客愁边。霜月敲寒渚，江声惊夜船。孤城吹角处，独立渺风烟。（《泊歙浦》）

　　若就江湖派本身的意义说，在宋诗里面实在没有什么价值和地位。只论这三位诗人，其成就似乎还在永嘉四灵的上面；尤其是到了南宋这个时代，他们怕要算是最值得珍视的第一流作家了。

第十八章

晚宋诗坛

　　残月照愁人病酒，好风吹梦客思家。欲知亡国恨多少，红尽乱山无限花。(华岳的《杜鹃诗》)

晚宋的诗坛已经是亡国之音了。

　　宋诗自南渡以后，虽然最初的南渡诗人在他们的吟咏里面，很能够表现极深刻的感慨；继着诗人陆游更不断地高吟着悲壮的爱国诗。但是，自偏安既定，南北暂时妥协的局面造成以后，一般诗人都轻轻地便把社会和国家忘掉了，回头走到象牙之塔里面去高歌：

　　华馆相望接使星，长淮南北已休兵。便须买酒催行乐，更觅何时是太平。
　　满船买了洞庭柑，雪色新裁白苎衫。唤得吴姬同一醉，春风相送到江南。

这是吴则礼的两首《绝句》，虽不能代表偏安以后的南宋全部诗人的心理，却可以代表大部分诗人的享乐心理。这样颓废地、消沉地下去，便养成一种卑靡无气力的诗风。加以自陆游、范成大、杨万里诸人死掉以后，才气伟大的诗人便没有继续发现了。一般小有才气的诗人又往往为派别所囿，不能自拔。各个诗派的内容，又都腐败不堪：江西诗拗拽之极，固然不可卒读，同时反江西的诗也拿不出成绩来。什么四灵派、江湖派，都不过是点缀诗坛的寂寞而已，并不曾玩出什么花样来。这时的诗坛，实在和南宋的国势一样衰弱得可怜。一直到晚宋，才有点活跃的景象。

晚宋诗坛的特色，是受了被外来民族压迫的刺激，激动了一部分诗人的血和泪，才呈露一种激越悲壮的空气，替晚宋诗坛罩上一层异彩。

其中最值得我们叙述的是文天祥和汪元量。

天祥字履善，号文山，江西庐陵人。举进士第一，官至右丞相。以往元军中解说，被胁至真州，后又遁归。募兵抵抗元兵，战败被执，囚于燕京，不屈死。诗有《文山集》。其所作极豪迈，有劲节，类其为人。例如：

> 平原太守颜真卿，长安天子不知名。一朝渔阳动鼙鼓，大河以北无坚城。公家兄弟奋戈起，一十七郡连夏盟。贼闻失色分兵还，不敢长驱入咸京。明皇父子得西狩，由是灵武起义兵。唐家再造李郭力，若论牵制公威灵。哀哉常山惨钩舌，心归朝廷气不慑。崎岖坎坷不得志，出入四朝老忠节。当年幸脱安禄山，白首竟陷李希烈。希烈安能遽杀公，宰相卢杞欺日月。乱臣贼子归何处，茫茫烟草中原土。公死于今六百年，忠精赫赫雷当天。（《过平原作》）

在他的一首《金陵驿》里面，描写亡国的哀感，更觉沉痛：

> 草舍离宫转夕晖，孤云飘泊复何依。山河风景元无异，城廓人民半已非。满地芦花和我老，旧家燕子傍谁飞。从今别却江南日，化作啼鹃带血归。

元量字大有，号水云，钱塘人。宋亡随王室北去，后为道士南归。诗有《水云集》。李鹤田《湖山类稿跋》称："其亡国之戚，去国之苦，艰关愁叹之状，备见于诗。微而显，隐而彰，哀而不怨，欷歔而悲，甚于痛哭。"时人称为诗史，例如：

花底传筹杀六更，风吹庭燎灭还明。侍臣奏罢降元表，臣妾签名谢道清。（《醉歌》）
涌金门外雨晴初，多少红船上下趋。龙管凤笙无韵调，却挝战鼓下西湖。（《醉歌》）
汉儿辫发笼毡笠，日暮黄金台上立。臂鹰解带忽放飞，一行塞雁南征急。（《幽州歌》）

其诗凄怆婉恻，读之令人下泪，在晚宋诗人中汪元量要算是描写亡国痛的第一个圣手。同时，如游古意的《送谢叠山先生北行》，词意也很悲凉：

满怀忠孝有天知，不管人间事已非。万里乾坤双草履，百年身世一麻衣。行藏自信床头易，卧病惟餐陇首薇。倘过宗周见禾黍，几多新泪洒残晖。

王英孙（字才翁，号修竹，会稽人）的《岳武穆王墓》：

埋骨西湖土一丘，残阳荒草几经秋。中原望断因公死，北客犹能说旧愁。

还有一个武人张琰（字汝玉，广陵人），兵败斗死，其诗尤为凄咽悲壮，例如：

腰间插雄剑，中夜虎龙吼。平明登前途，万里不回首。男儿当野死，岂为印如斗。忠诚表壮节，灿烂千古后。（《出塞曲》）

不见楼东黄布帘，树犹如此我何堪。袅袅亭亭忒无赖，又将春色误江南。（《官柳》）

此外晚宋的诗人，如许月卿、真山民、林景熙、谢枋得、谢翱、郑思肖诸人，于宋亡之后，或则遁迹山林不仕，或则流浪江湖以终。其作诗，或缅怀旧事，或哀感今朝，或寓意隐微，或词旨凄厉，都是值得我们介绍的。

许月卿字太空，婺源人。宋亡后，深居一室，十年而卒。其诗冲淡，例如："几千万里碧琉璃，中有一圆光照之。更无一物可与对，部勒星宿光陆离。忆昔看月大江头，天地中间风吹衣。凡客无缘相宾主，独携杯酒独吟诗。只今千门万户闭，良夜京华无人知，似我快活更有谁？故山今宵月更奇，明日懒人真个归。"（《京城看月》）

真山民不知其真姓名，但号山民，其诗萧散，被称为晚宋的陶元亮。诗如："入夜始维舟，黄芦古渡头。眠鸥知让客，飞过蓼花洲。"（《吉水夜泊》）又如："行尽山头路，江空带夕晖。风蝉声不定，水鸟影同飞。萧散乌藤杖，轻鬖白纻衣。试呼垂钓者，分我半苔矶。"（《夏晚山行》）

林景熙号霁山，平阳人，宋亡不仕。《宋诗钞》称其诗："大概凄怆故旧之作，与谢翱相表里，翱诗奇崛，熙诗幽婉。"例如："山风吹酒醒，秋入夜灯凉。万事已华发，百年多异乡。远城江气白，高树月痕苍。忽忆凭楼处，淮天雁叫霜。"（《京口月夕书怀》）著有《白石樵唱集》。

谢枋得字君直，号叠山，信州弋阳人。南宋亡后，因恢复失败，隐于闽，元屡征不就，后被胁迫，不食死。著有

《叠山集》，例如："十年无梦得还家，独立青峰野水涯。天地寂寥山雨歇，几生修得到梅花。"（《武夷山中》）又如《庆全庵桃花》也是一首好诗："寻得桃源好避秦，桃红又见一年春。花飞莫遣随流水，怕有渔郎来问津。"

谢翱字皋羽，长溪人，自号晞髮子。曾为文天祥咨议参军。天祥被杀，翱逃亡，漫游各地，所至辄感哭，诗绝悲痛。《宋诗钞》称其："古诗颇颉颃昌谷，近体则卓炼沉著，非长吉所及也。"有《晞髮集》。例如："闻君经乱后，居处畏山巅。家在聚如客，粮余食带烟。戍鸦分落日，烧草共残年。因忆先丘垄，于今是极边。"（《寄朱仁中》）

郑思肖字忆翁，号所南，福州连江人。宋亡，隐居吴下，坐卧不北向。有《所南集》。其诗如："年高雪满簪，唤渡浙江浔。花落一杯酒，月明千里心。凤凰身宇宙，麋鹿性山林。别后空回首，冥冥烟树深。"（《送友人归》）又如："城头啼鸟隔花鸣，城外游人傍水行。遥认孤帆何处去，柳塘烟重不分明。"（《春日登城》）

第十九章

宋诗之弊

最后，让我们来研究宋诗之弊吧。

许多诗话家都曾经对于宋诗加以剧烈的抨击，这是在前面列举过的。但是那种抨击往往是意气的用事；或是因复古的思想所蔽而轻蔑宋诗；或是含糊地笼统地批评而没有例证；或是仅仅能够指明宋诗一方面的缺点，而忽视了另一方面的；这都不是科学的批评，决不能令读者心服。然而宋诗却不是全然没有毛病的；不仅不是没有毛病，而且在宋诗的全体上有几个很大的缺点，那几个缺点的力量，终于使宋诗不能得到最大的进步，使宋诗在文学史上的地位降低，这是我们研究宋诗所不能不注意的。

是哪几个缺点呢？

（一）模拟　模拟这两个字的权威，把全部的宋诗都抛入唐诗的圈套里面去了，把宋诗新生命产生的可能性都剥削了。我们看：初期的宋诗的三派，西昆的模拟李义山；白体的模拟白居易；晚唐体的模拟晚唐诗人，是完全刻板地在模拟里面讨生活。苏舜钦、梅圣俞虽然反对西昆，不过表示他们不主张完全模拟晚唐而已，又何曾脱离唐诗的羁绊？欧阳修跟着苏、梅辈唱诗坛的革新，也不过是革西昆体之旧，而复韩昌黎之新，如是而矣，又何曾创立新体？只有王安石、苏轼在诗歌里面有新的贡献，也是他们的聪明才气使然，决不是他们有意不接受唐诗的影响。其实，他们的作风依然熏染唐诗的情调很深的。至于号称苏、黄的黄庭坚，则极力学杜甫而未能神似，其创造性较之苏轼尤为稀薄。所谓江西诗派也者，更只学得唐人的坏处，不愈称述了。即南宋诗人杨万里辈，虽然能够脱去江西派的藩篱，结果仍然堕入唐诗的彀中。其余什么永嘉派、江湖派，则只能在晚唐、西昆里面打滚，模拟的本事也不行了。诚然，我们说宋诗学唐，但宋诗仍然是宋诗。不过宋诗因此把创造性剥削了，文学的价值也因此减低了。

（二）诗话　诗话这种东西与诗的创作原来没有什么关系的。周末没有诗话也产生《诗经》那末好的作品；魏晋时代没有诗话也产生那末多的绝妙好诗；唐代诗话不发达，唐诗仍然有很高的成就。偏偏宋人把诗话当作经典，而宋诗便入了魔域。宋代要算是诗话极发达的时期，据《四库全书提要》著录，竟有四十四种之多。

（1）欧阳修《六一诗话》；

（2）司马光《续诗话》；

（3）刘攽《中山诗话》；

（4）陈师道《后山诗话》；

（5）魏泰《临汉隐居诗话》；

（6）吴开《优古堂诗话》；

（7）阮阅《诗话总龟》；

（8）许顗《彦周诗话》；

（9）吕本中《紫微诗话》；

（10）张表臣《珊瑚钩诗话》；

（11）叶梦得《石林诗话》；

（12）《藏海诗话》（无名氏）；

（13）朱弁《风月堂诗话》；

（14）张戒《岁寒堂诗话》；

（15）陈岩肖《庚溪诗话》；

（16）葛立方《韵语阳秋》；

（17）黄彻《碧溪诗话》；

（18）计有功《唐诗纪事》；

（19）吴聿《观林诗话》；

（20）《环溪诗话》（无名氏）；

（21）周紫芝《竹坡诗话》；

（22）胡仔《苕溪渔隐丛话》；

（23）周必大《二老堂诗话》；

（24）杨万里《诚斋诗话》；

（25）严羽《沧浪诗话》；

（26）魏庆之《诗人玉屑》；

（27）赵与虤《娱书堂诗话》；

（28）刘克庄《后村诗话》；

（29）吴子良《荆溪林下偶谈》；

（30）蔡梦弼《草堂诗话》；

（31）何汶《竹庄诗话》；

（32）周密《浩然斋雅谈》；

（33）范晞文《对床夜话》；

（34）蔡正孙《诗林广记》；

（35）释文莹《玉壶清话》；

（36）释惠洪《天厨禁脔》；

（37）洪迈《容斋诗话》；

（38）林越《少陵诗格》；

（39）蔡传《历代吟谱》；

（40）严有翼《艺苑雌黄》；

（41）陈应行《吟窗杂录》；

（42）尤袤《全唐诗话》；

（43）方岳《深雪偶谈》；

（44）吴子良《吴氏诗话》[①]。

《四库提要》所著录已经不少，其实还不止此，据《草堂诗话》所载还有山谷黄鲁直《诗话》、东坡苏子瞻《诗话》、秦少游《诗话》、后山陈无己《诗话》……

宋代的诗话既不是有系统有组织的文学批评，自不能负指导作者的责任。据我们所知：宋人诗话，十之八九是零碎无章的胡说。其着力处亦全在于韵语、对仗、用字、练句之讲究，把一个谨而且严的格律搁在新进作家肩上，完全束缚了诗人创作的自由，不让他们的才气充分发展，这也是对于宋诗的一大打击。所以有人说："诗话作而诗亡。"吴乔也讥笑宋诗话家说："唐人精于诗，而诗话则少；宋人诗离于唐，而诗话乃多。"杨慎也恨恨地说："宋人多议论可厌！"

（三）诗派　诗派这个劳什子也是起于宋代的。《诗学纂闻》云："逮宋而杨大年与钱、刘号江东三虎，诗宗李义山体，谓之西昆体。大年复编叙十七人之诗为《西昆酬唱集》。吕居仁推黄山谷为诗家宗祖，而合二十五人之作为江西诗派。此则唐以前所未有也。"其实唐代也还没有诗派。唐诗虽有初、盛、中、晚之说，乃是后人所杜撰，当时并无此种口号；虽有"大历十才子"与"元和体"之称，也不过齐名的口语，决不能说是诗派。因为成立一个诗派，至少须有共同的师法，并须有共同的目的及主张方才算数。宋诗派别很多（详见第三章《宋诗的发达及其派别》），其能够吻合诗派的原则，有势力、有群众的诗派，至少有四个：

---

① 《吴氏诗话》，《四库全书总目提要》称"今核其文，即吴子良《林下偶谈》中摘其论诗之语，非别一书也"。——编者注

（1）西昆派；
（2）江西派；
（3）理学派；
（4）反江西派。

诗派在中国文学史上实在是一个很坏的现象。每一个诗派都是这样：他们在积极方面，并不要求别开生面的成功，只是一味恪守呆板的师法，互相标榜以求荣；他们在消极方面，则排斥异己，反对非其派的诗人。这实在是诗坛最堕落的表现。宋诗不幸发生这么多分歧的诗派，实在是宋诗发展的大障碍，也实在是宋诗的大厄运。我们只要问一句：哪一个诗派对于宋诗曾有什么贡献呢？各个诗派的领袖们的作品，也许还有可观之处。至于他们那些党徒的大作，可不堪领教了。所以元遗山诗云："论诗宁下涪翁拜，未作江西社里人。"又刘克庄诗云："派里人人有集开，竞师山谷友诚斋。只饶白下骑驴叟，不敢勾牵入社来。"可见诗派的风气，在当时也很被一般自由诗人的指摘了。

　　末了我们不妨重复地总结一句："宋诗有三弊：一弊于模拟；二弊于诗话；三弊于诗派。"

第二十章

南宋诗人补志

宗泽　泽字汝霖，义乌人。曾为东京留守，大破金兵。他本不是诗人，然文章甚精，有《宗忠简集》，诗如："烟遮晃白初凝雪，日映斓斑却是花。马渡急流行小崦，柳丝如织映人家。"（《华阴道上》）这样的小诗，我们真不料是一位忠武的英雄笔尖里写下来的。

杨时　时字中立，将乐人。学于程颐，理学家也。官至龙图阁直学士。致仕后，以讲学著书为务。时称龟山先生。有《龟山集》。其诗理学气味极浓厚，且故作拗语，不可卒读。例如："土床烟足绁衾暖，瓦釜泉干豆粥新。万事不思温饱外，漫然清世一闲人。"（《土床》）① 这不复能够说是诗了。

李纲　纲字伯纪，邵武人。靖康初为兵部侍郎，高宗即位，首召为相。其人品经济，炳然史册。诗文亦雄深雅健，有《梁溪集》。诗如："自别西湖日置怀，却因谪宦得重来。云深不见孤山寺，风急难乘摇碧斋。未放幽情穷水石，且将离恨泛樽罍。胜戏须遍山南北，何日晴天为一开？"（《张南仲置酒心渊堂值雨》）

---

① 据南宋吕祖谦《宋文鉴》卷二十八，《土床》一诗为张载作。——编者注

　　王安中　安中字履道，中山曲阳人。官至尚书左丞。文章富赡，诗亦丰润可爱，有《初寮集》。例如："江山已暗大同殿，丝管犹喧凝碧池。别写嘉陵三百里，右丞心事与谁知？"(《题王维画嘉陵江山图》)论者每因恶其为人而并贬其诗，那是不合理的。实在说，安中诗也很有可称颂的地方。

　　许景衡　景衡字少伊，温州瑞安人。官至尚书右丞。有《横塘集》。其诗吐语清拔，不露伉厉之气。《四库提要》甚称其"玉樽浮蚁一样白，青眼与山相对横"之句，殊饶风韵。我们不妨举他的《寸碧亭》一诗以为例："杖履寻常行乐处，不论小径与幽亭。谁知苍莽千峰外，尚有仙山一点青。"即此可见景衡诗的风味一斑。

　　葛胜仲　胜仲字鲁卿，丹阳人。试学官及词科均第一，官至宝文阁待制。有《丹阳集》。诗如："弱水无风到海山，慈容亲礼紫栴檀。亭亭宝刹凌云近，湛湛清池漱玉寒。橘瘦暗飘红万颗，竹迷曾莳绿千竿。藕花不是南朝梦，真有残花透画阑。"(《题观音院德云堂》)

　　张守　守字全真，一字子固，常州晋陵人。官至参知政事兼权枢密院事。有《毗陵集》。诗如："堤沙不起润如酥，坐看飞云自卷舒。陇陌人闲牛舐犊，柳陂波浅鹭窥鱼。残花糁径东风后，碧草黏天暮雨初。分付荣枯蜗两角，浊醪青杏送春余。"(《汴上小雨复霁》)

　　李光　光字泰发，上虞人。官至吏部尚书，参知政事。以忤秦桧罢去。有《庄简集》。诗如："晚潮落尽水涓涓，柳老秧齐过禁烟。十里人家鸡犬静，竹扉斜掩护蚕眠。"(《越州双雁道中》)

　　赵鼎　鼎字元镇，解州闻喜人。自号得全居士。累官尚书左仆射，同中书门下平章兼枢密使。有《忠正德文集》，凡古今体诗二百七十四首。其诗可以《雨夜不寐》一首为例：

"西风吹雨夜潇潇，冷烬残香共寂寥。要作秋江篷底睡，正宜窗外有芭蕉。"

李弥逊 弥逊字似之，连江人，居于吴县。官至户部侍郎，以争和议，忤秦桧，乞归。有《筠溪集》。诗如："瓜步西头水拍天，白鸥波上寄长年。个中认得江南手，十里黄芦雪打船。"（《题赵幹江行初雪图》）

张扩 扩字彦实，一字子微，德兴人。官至中书舍人。著有《东窗集》。诗如："天上新骖宝辂回，看花仍趁雪英开。折归忍负金蕉叶，笑插新临玉镜台。女蝶未须翻角调，锦囊先喜助诗材。少篷自是调羹手，叶底应寻好句来。"（《约兄楚材西湖观梅次韵》）

翟汝文 汝文字公巽，润州丹阳人。官至参知政事。尝从苏轼、黄庭坚、曾巩游，为文好古，有《忠惠集》。所作诗不甚可观，如《焦山诗》（词长不录）这一类的作品，实在值不得加意的介绍。

刘才邵 才邵字美中，庐陵人。杉溪居士，其自号也。官至工部侍郎，权吏部尚书，加显谟阁直学士。有《杉溪居士集》。《四库提要》称其诗源出苏氏，故才气颇为纵横。例如："菱花炯炯垂鸾结，懒学宫妆匀赋雪。风吹凉鬓影萧萧，一抹疏云对斜月。"（《夜度娘歌》）

李若水 若水本名若冰，钦宗为改今名。字清卿，曲周人。官至吏部侍郎。从钦宗如金营，以力争废立不屈死。有《忠愍集》。其诗具有风度，去国以后的诗，尤怆恍难卒读。例如："戎马南来久不归，山河残破一身微。功名误我等云过，岁月惊人和雪飞。每事恐贻千古笑，此心甘与众人违。艰难唯有君亲重，血泪斑斑染客衣。"（《衣襟中诗》）

吕颐浩 颐浩字元直，其先乐陵人，徙居齐州。官至同中书门下平章事。有《忠穆集》。其诗篇幅不多，例如："东郊卜筑傍溪流，菡苕香中系小舟。脱去簪绅归畎亩，悟来渔钓胜公侯。青云旧好何妨厚，白雪新诗为宠留。又指湘潭问行路，一堂风月阻同游。"（《次韵张全真参政退老堂》）

　　唐庚　庚字子西，丹棱人，第进士，为宗子博士，终承议郎。为文精密，长于议论。诗亦刻意锻炼，工于属对。有《唐子西集》。例如："爱梅长恐著花迟，日祷东风莫后期。及得见梅还冷淡，东风全在小桃枝。"（《春日杂兴》）庚与其兄伯虎同负时誉，然伯虎的研究在经学，论纯文艺，则乃兄不及庚远矣。

　　曹勋　勋字公显，阳翟人。官至武义大夫。高宗时，以建议迎徽宗由海道归，为执政所嫉，贬于外府者九年。后拜昭信军节度使。有《松隐文集》。诗如："薄阴疏雨湿春容，两岸增添绿与红。短棹悠悠了无事，却怜云水旧匆匆。"（《守闸书事时已退居》）语多缛丽，词甚香艳，盖袭其父《红窗迥曲》之遗风也。

　　张纲　纲字彦正，金坛人。在北宋时与蔡京不睦，南渡后又忤秦桧，郁不得志。桧死，始召用，官至参知政事。其人健于为文，每一落纸，辄传退迩。有《华阳集》四十卷，内诗五卷。例如："踏残西日寄僧房，一炷炉熏秋夜长。谁作响泉喧客枕，梦回倚听雨淋浪。"（《寄宿隐静东轩》）

　　刘一止　一止字行简，湖州归安人。官至敷文阁直学士。年八十二。有《苕溪集》。为诗寓意高远，自成一家。吕本中、陈与义读其诗以后，均谓语不自人间来，可见其为当代所推誉。例如："渺渺归帆江北渚，脉脉相望那得语。舟中贾客婵娟女，朝乐潇湘暮荆楚。我欲招之问计然，浮名唾去如飘烟。买渔沽酒啸俦侣，捶鼓弄笛残雕年。"（《识舟亭》）

　　张嵲　嵲字巨山，襄阳人。官至敷文阁待制，终于提举江州太平兴国宫。尝受学于其表叔陈与义，故其诗格颇似陈氏。刘克庄尝称其"故园坟树想青葱"诸篇七绝，能以标格见长，五古亦语意高简，意味深长。有《紫微集》。例如："一行疏树对柴门，又见荒烟上晚村。日日墙阴观日影，人生消得几朝昏？"(《绝句》)《四库提要》称嵘的绝句，清和婉约，较胜与义，我们不嫌再举一例："日炙樱桃已半红，更熏花气满襟风。路傍谒舍蹲遗兽，应有荒坟在麦中。"(《绝句》)

王洋　洋字元渤，山阳人。累官起居舍人，知制诰，直徽猷阁。居信州城，有荷花水木之趣，因号王南池。辟一室号半僧寮，衣食窭甚，盖南渡之清流也。有《东牟集》。其诗极意镂刻，例如："塞外风烟能记否？天涯沦落自心知。眼中风物参差是，只欠江州司马诗。"(《琵琶洲》)

王之道　之道字彦猷，庐州人。官至朝奉大夫，追赠太师。有《相山集》。虽不以诗歌见长，而其抒写性情，具有真朴之致，例如："残月千家闭，荒城万木号。举头华盖近，回睇启明高。野回霜迎面，风清冷透袍。十年河上路，从此步金鳌。"(《蒙城早行》)

李正民　正民字方叔，扬州人。累官两浙、江西、湖南抚谕使，终徽猷阁待制。著有《己酉航海记》《大隐集》等书。诗如："新亭注目了无边，脱屣尘寰思杳然。万顷秋涛翻浩淼，一轮明月对虚圆。光生云汉疑无地，望断蓬莱别有天。赤水枣花君莫问，新诗赓唱似朱弦。"(《题海月亭》)

潘良贵　良贵字义荣，一字子贱，号默成居士，婺州金华人。高宗时官至左司谏，除徽猷阁待制。为人持正不阿，朱子亦称其刚毅近仁。著有《默成文集》。诗如："强敌登城日，中华将士奔。人皆趋北阙，君独死南门。秘计无人用，英声有史存。秋原悲泪落，桂酒与招魂。"(《陈光禄挽诗》)

洪皓　皓字光弼，鄱阳人。官至徽猷阁待制。留金十五年始南归。著有《鄱阳集》《帝王通要》《姓氏指南》《松漠纪闻》《金国文具录》多种。诗如："恶吁及厚笃忠纯，大义无私遂灭亲。后世奸邪残骨肉，屡援斯语诏良臣。"(《石碏大义灭亲》)洪皓立朝，大节凛然。其诗虽乏情趣，一如其人。

朱松 松字乔年，又字韦斋，朱熹之父也。官至吏部员外郎。有《韦斋集》。诗如："林栖相唤出幽谷，我亦欲起天未明。枕中决决响山溜，一似荒城长短更。"(《石门寺》)

朱翌 翌字新仲，龙舒人。政和进士。绍兴中为中书舍人。秦桧恶其不附己，谪居韶州十九年。名山胜景，游览殆遍。有《灊山集》，其诗才力富健，有元祐遗风。古体跌宕纵横，近体伟丽伉健，周必大序其诗，拟之杜牧。诗如："辋川遥展右丞图，盘谷中藏李愿居。龙睡潭深飞客棹，凤鸣枝老结吾庐。但令蜡屐去前齿，安用鸱夷托后车。西望子陵三十里，烟云来往问何如？"(《竞秀阁》)

郭印 印成都人，自号亦乐居士。性嗜水竹，居云溪别墅，有《云溪集》。《四库提要》称："其诗才地稍弱，未能自出机杼，而清词隽语，瓣香实在眉山，以视宋末嘈杂之音，固为犹有典型矣。"诗如："云安欣及境，小刹为徘徊。殿阁随岩转，轩窗向水开。僧虽持钵去，客自舣舟来。欲往无留计，幽怀亦畅哉。"(《下岩寺》)

刘子翚 子翚字彦仲，崇安人。尝通判兴化军，移疾归里，筑室屏山以终。有《屏山集》。尝与吕本中游，故其诗格律颇染江西风味。例如："梁园歌舞足风流，美酒如刀解断愁。忆得少年多乐事，夜深灯火上樊楼。"(《汴京纪事》)又如："金碧销磨瓦面星，乱山依旧绕宫城。路人休唱三台曲，台上而今春草生。"(《铜爵》)

綦崇礼 崇礼字叔厚，高密人，后徙潍之北海。官至中书舍人，宝文阁学士。有《北海集》。平生以骈体擅长，诗歌篇幅甚少。例如："林麓阴森径曲盘，渐惊危步入重峦。

地分宝刹临空翠，天设飞梁跨急湍。霜暗云蒸山气肃，雪翻雷辊水声寒。我来不作多求想，试出神光遍现看。"(《题石梁瀑布》)

李处权　处权字巽伯，洛阳人，家于溧阳。其著作有《崧庵集》。自称其齿益高，心益苦，句法益老云云。盖其对于声律，颇有精研，于诗道实有深造，可称南渡后一作手。例如："此行检校幽栖事，佳处知公故未忘。新笋岂应过母大，旧松想已及人长。老来对客须灵照，贫后持家借孟光。世乱身危何处是，二年孤负北窗凉。"(《送二十兄还镇江》)

吴可　可字思道，金陵人。官至团练使，责授武节大夫。李端叔跋其诗云："思道诗妙处，略无斧凿痕。"例如："南国春光一年归，杏花零落淡胭脂。新晴院宇寒犹在，晓絮欺风不肯飞。"(《春霁》)又如："小醉初醒过竹村，数家残雪拥篱根。风前有恨梅千点，溪上无人月一痕。"(《小醉》)

罗从彦　从彦字仲素，沙县人。官授惠州博罗县主簿。时称为豫章先生，有《豫章文集》。诗如："可怜萱草信无忧，谁谓幽兰解结愁。欲得寸田荆棘断，只应长伴赤松游。"(《题一钵庵》)

尹焞　焞字彦明，河南人。官至崇政殿说书兼侍讲。赐号和靖处士。著有《论语解》《门人问答》《和靖集》诸书。其诗不多，而有情韵，例如："南枝北枝春事休，啼莺乳燕也含愁。朝来回首频惆怅，身过秦川最尽头。"(《自秦入蜀道中作》)

阮阅　阅字闳休，舒城人。建炎初，以中奉大夫知袁州。著有《松菊集》，不传。有《郴江百咏》一卷行世，乃其知郴州时所作也。例如："马蹄西去夕阳催，浓淡寒山翠作堆。北雁无情怕秋热，带将寒信过江来。"(《宣风道上》)

曾几　几字吉甫，赣县人，徙居河南。官至礼部侍郎。

侨寓上饶茶山寺，自号茶山居士。年七十余。有《茶山集》。其诗以杜甫、黄庭坚为宗，颇具风度。例如："梅子黄时日日晴，小溪泛尽却山行。绿阴不减来时路，添得黄鹂四五声。"（《三衢道中》）

岳飞　飞字鹏举，相州汤阴人。官至太尉，加少保。屡破金兵，厥功甚伟，为秦桧所诬，死于狱。不以文字著名，而诗文俱妙。有《岳武穆集》。其所作皆雄放豪壮，一如其人。诗如："雄气堂堂贯斗牛，誓将真节报君雠。斩除顽恶还车驾，不问登坛万户侯。"（《题青泥市寺壁》）又如："经年尘土满征衣，特特寻芳上翠微。好山好水看不足，马蹄催趁月明归。"（《池州翠微亭》）

王铚　铚字性之，汝阴人。自称汝阴老民。官至枢密院编修官。著有《七朝国史》《补侍儿小名录》《默记》《四六话》《雪溪集》。其人治学，以博洽著，不以诗名。王士祯《居易录》亦诋其诗不甚工。例如："青山春又到，白发策乌藤。已是他乡客，还同寄住僧。瘦松黏冻雪，流水带寒冰。更觉苍崖路，云深不可登。"（《云门寺》）

吕本中　本中原名大中，字居仁，寿州人。官至中书舍人，兼直学士院。学者称为东莱先生。著有《春秋解》《童蒙训》《师友渊源录》《东莱诗集》《紫微诗话》等书。其诗法出于黄庭坚，《江西宗派图》即其所作。敖陶孙《诗评》称其诗如散圣安禅，自能奇逸。例如："客事久输鹦鹉杯，春愁如接凤凰台。树阴不碍帆影过，雨气却随潮信来。山似故人堪对饮，花如遗恨肯重开。雪篱风榭年年事，辜负韶光取次回。"（《暮步至江上》）胡仔《苕溪渔隐丛话》则指出"树移午影重帘静，门闭春风十日闲""往事高低半枕梦，故人南北数行书""残雨入帘收薄暑，破窗留月漏微明"诸句以为隽语。其实这未免把本中诗的好处割裂了，我们要看出他的诗的好处，应该去欣赏整篇的作品，一二对仗语之工，决不能尽吕本中诗之长。

胡铨　铨字邦衡，庐陵人。孝宗时，官至中书舍人兼国子祭酒，权兵部侍郎，以资政殿学士致仕。有《澹庵文集》。其诗可以《题自画潇湘夜雨图》为例："一片潇湘落笔端，骚人千古带愁看。不堪秋著青枫港，雨阔烟深夜钓寒。"

胡寅　寅字明仲，崇安人。官至徽猷阁直学士。从学于杨时。学者称致堂先生。著有《论语详说》《读史管见》《斐然集》。诗如："冠月裾云佩绿霞，百年将此送生涯。愁心别后无诗草，病眼灯前有醉花。落笔擅场聊写意，背山临水遂成家。也须南亩多栽竹，休似东陵只种瓜。"（《和赵生》）

胡宏　宏字仁仲，崇安人。传其父安国之学。学者称五峰先生。著有《知言》《五峰集》。凡诗一百零六首，盖长于理学，不以此见工也。例如："超然峰头秋气清，廓然堂延秋月明。我乘清秋弄明月，中有所感思冥冥。峰势凌苍穹，上有烟林封。去天不盈尺，路断心忡忡。……虚名过耳如松风。"（《西林寺廓然堂有怀》）

郑刚中　刚中字亨仲，金华人。累官四川宣抚副使。著有《周易窥余》《经史专音》《北山集》。其诗峭健，例如："岭南霜不结，风劲是霜时。日落晚花瘦，山空流水悲。栖鸦寻树早，冻蚁下窗迟。季子家何在，衣单知不知。"（《寒意》）刚中少时贫甚，此诗盖其写实也。

仲并　并字弥性，江都人。绍兴壬子进士第，官至光禄丞，出知蕲州。有《浮山集》。《四库提要》称其诗清隽拔俗，王应麟《困学纪闻》更称其"政恐崖州如有北，却应未肯受谗夫"之句。这也未免过誉，仲并的诗似乎很少值得我们称道的作品。

吴芾　芾字明可，自号湖山居士，台州仙居人。官至礼部侍郎，以龙图阁直学士致仕。有《湖山集》。其诗才力甚富，往往澜翻泉涌，奇出无穷。晚年诗乃渐趋平淡。例如："漠漠黄云塞草稀，年年空说翠华归。孤臣泪尽仍尝胆，白首江湖雁北飞。"（《北望》）诗意悲壮，不愧为南渡诗人。《四库提要》则尤称其《挽元帅宗泽》诸篇，排奡纵横，自成一格。

汪应辰 应辰字圣锡，信州玉山人。绍兴五年登进士第一，官至敷文阁学士，四川制置使。与张九成、吕本中、胡安国、吕祖谦、张栻诸人相友善，于朱熹则为从表叔。其学问自具渊源。著有《文定集》二十四卷。诗如："先生高卧武夷巅，一旦趋朝岂偶然。报国自期如皦日，归田曾不待来年。怀铅共笑扬雄老，鞭马今输祖逖先。册府风流久寥落，送行始复有诗篇。"（《分韵送胡丈归建康》）

黄公度 公度字师宪，莆田人。绍兴八年进士第一，官考功员外郎。卒年仅四十八。有《知稼翁集》。诗如："万里西风入晚扉，高斋怅望独移时。迢迢别浦帆双去，漠漠平芜天四垂。雨意欲晴山鸟乐，寒声初到井梧知。丈夫感慨关时事，不学楚人儿女悲。"（《悲秋》）

王之望 之望字瞻叔，襄阳谷城人，后寓台州。官至参知政事。有《汉滨集》。其诗近体甚工，例如："沧浪渡口莫愁乡，万顷寒烟落木霜。珍重使君留客意，一樽芳酒对斜阳。"（《过石城》）又如："江上危亭思黯然，追游陈迹欲经年。别来西望应相忆，鄢树荆门共一川。"（同上）

陈长方 长方字齐之，福州长乐人。寓吴中，从王蘋游。隐居步里，闭门研究经史。学者称唯室先生。著有《步里客谈》《尚书传》《春秋传》《礼记传》《两汉论》《唐论》《唯室集》多种。其诗可引《题武定本兰亭》为例："此甥此舅两风流，翰墨相传不误投。大似曹溪付衣钵，临池他日看银钩。"

范浚 浚字茂名，兰溪人。绍兴中，举贤良方正，辞不就。著有《香溪集》，诗凡三卷。其诗法犹守元祐旧格，不涉江西宗派。《读长门赋》可为其诗之一例："阿娇负恃颜姝好，那知汉帝恩难保。一朝秋水落芙渠，几岁长门闭春草。自怜长世等前鱼，旧宠全移卫子夫。独夜不眠香草枕，东箱斜月上金铺。晓惊永巷车音近，失喜疑君枉瑶轸。临风望幸立多时，却是轻雷声隐隐。年年织女会牵牛，百子池边侍宴游。自从一落离宫后，无复穿针更上楼。"

周紫芝　紫芝字少隐，宣城人。绍兴中登第，历官枢密院编修官，出知兴国军。自号竹坡居士。著有《太仓稊米集》七十卷。自言作诗先严格律，然后及句法。《四库提要》称："其诗在南宋之初，特为杰出，无豫章生硬之弊，亦无江湖末派酸馅之习。"例如："西子湖边一短窗，几年和雨看湖光。青山换得微官去，鱼鸟应须笑漫郎。"（《将别湖居》）

吴儆　儆字益恭，休宁人。历官朝散郎，广南西路安抚使，主管台州。有《竹洲集》。其诗意境劖削，近陈师道，例如："负衅得老穷，扫轨事幽屏。跫然罗雀门，有客顾而整。悲欢十年别，樽酒清夜永，妙句时惊人，盈轴肯倾廪。三日语未休，霜寒梦归省。临流分别袂，波光照孤影。重念吾何人，雪屋清灯冷。刘子抱遗经，深井汲修绠。曹子《中庸》学，天理穷性命。老骥鼓不作，搴旗望公等。天晴风日佳，何时过雦径。石鼎燃豆萁，冰菹煮汤饼。"（《汪叔耕见访，不数日别去，恶语为赠，兼简子用、子美二友》）

晁公溯　公溯字子西，巨野人。尝为涪州军事判官，施州通判。有《嵩山居士集》。其诗可以《合江舟中作》为例："云气昏江树，春流没钓矶。如何连夜涨，似欲送人归。乱石水声急，片帆风力微。舟师且停橹，白鹭正双飞。"

陈渊　渊字知默，一字几叟，沙县人。官至宗正少卿。尝题所居之室曰默堂，有《默堂集》。作诗不甚雕琢，时露

真趣，例如："荼蘼卧雨有余态，芍药倚风无限情。正是江南花欲尽，淡云来到日微明。"（《和司录行县道中偶风雨有感之作》）

曾协　协字同季，南丰人。绍兴中举进士不第，官至临安通判，权知永州事。有《云庄集》。其诗可以《芭蕉》为例："炎蒸谁解换清凉，扇影摇摇上竹窗。准拟小轩添睡美，梦成风雨夜翻江。"

林季仲　季仲字懿成，永嘉人。历官太常少卿，知婺州。自号芦山老人。有《竹轩杂著》。诗如："路转溪回草木香，有人荷笠山之阳。定知我是金华守，笑道牧民如牧羊。"（《郊行感怀》）

郑樵　樵字渔仲，莆田人。官至枢密院编修。居夹漈山，学者称夹漈先生。好为考证伦类之学，著《通志》二百卷，著称于世。有《夹漈遗稿》，凡古近体诗五十六首。樵作诗不甚修饰，而萧散无俗韵。例如："西风曳曳片云闲，一夜寒泉卧北山。倚杖岩头秋独望，稀疏烟垄是人间。"（《北山岩》）

史浩　浩字直翁，鄞县人。孝宗时拜相。著有《尚书讲义》《鄮峰真隐漫录》。诗如《青櫊子》："羽幰新从帝所回，余欢未尽玳筵开。酒抛青子香泥上，留与仙家取次栽。"

周麟之　麟之字茂振，海陵人。官至同知枢密院事。有《海陵集》。其诗流传甚少，也不甚工，如《金澜酒》（词长不录）一类的诗，殊不足以副其文誉。

李流谦　流谦字无变，汉州德阳人。官至奉议郎，通判潼州府。有《澹斋集》。其诗笔力峭劲，不屑以雕琢为工，例如《梅村分韵得时字》（词长不录）可以算是他的代表作。

冯时行　时行字当可，壁山人。官至提点成都刑狱公事。著有《缙云文集》。诗如："至日寒无赖，今朝愁奈何。两宫黄屋远，二老白头多。圣主今尝胆，皇天忍荐瘥。乾坤为回

首，慷慨一悲歌。"(《至日》)

罗愿　愿字端良，号存斋，歙人。乾道进士。博学好古，法秦、汉为词章，高雅精炼。著有《尔雅翼》《鄂州小集》《新安志》。诗如："老照轩前翠已空，忽惊嘉树碧玲珑。幽芳自出禅枝外，圆相长标法窟中。过客莫辞三宿恋，道人已费十年功。要须共结团圞坐，赏尽清秋面面风。"(《题兴善寺碧玉轩木犀》)

林光朝　光朝字谦之，莆田人。官至中书舍人，郑侠之婿也。有《艾轩集》。其诗可以《哭徐删定德襄》为例："修文巷里暮春前，欲上旗亭问客船。忽有短笺无寄处，渔梁却在泪痕边。"

尤袤　袤字延之，无锡人。官至太常少卿。著有《遂初小稿》《内外制》《梁溪遗稿》。袤诗在当时与杨万里、陆游、范成大齐名，号曰"尤、杨、范、陆"。论者并谓袤与石湖冠冕佩玉，端庄婉雅。然其诗散佚太甚，仅余残章断简，非三家之有完本流传者可比。可是，其优美的诗风，即在少数的篇幅里面也可看得来，例如："清溪西畔小桥东，落月纷纷水映红。五夜客愁花片里，一年春事角声中。歌残玉树人何在？舞破山香曲未终。却忆孤山醉归路，马蹄香雪衬东风。"(《落梅》)

周必大　必大字子充，庐陵人。一字洪道，自号平园老叟。官拜右丞相，封济国公，以少傅致仕。著书八十一种，有《平园集》二百卷（亦称《文忠集》，文忠其谥号也），内中《二老堂诗话》二卷，乃其论诗之著作。诗如："君家临川我庐陵，两郡相望宜相亲。长安城中初结绶，石灰桥畔还卜邻。扣门问道日不足，篝灯照夜论心曲。寸莛邪许撞洪钟，跛鳖近将随骥骤。闻君上书苦求归，君今岂是当归时？满朝留君君不顾，我虽叹息何能为。莫攀杨柳涛江岸，莫唱阳关动凄断。行行但祝加餐饭，潮落风生牢系缆。"（《送光禄寺丞李德远请春祠》）《宋诗钞》称必大的诗说："诗格淡雅，由白傅而溯源《浣花》者也。"

李石　石字知几，资州人。官至太学博士。直情径行，不附权贵。出主石室，就学者如云，闽越之士，皆万里而来，刻石题诸生名几千人。间作文章，风调远俗。诗体跌宕，迹近眉山。有《方舟集》，诗凡五卷。例如："我行江南上峡来，系舟夜泊云雨台。行到四川一万里，杜鹃声急桃花开。"（《瞿塘峡》）石盖学问气节之士，不以诗著名者也。

林亦之　亦之字学可，号月渔，福清人。继其兄光朝讲学于红泉。有《网山集》。刘克庄称其诗得少陵之髓，律诗高妙者，绝类唐人。实则林诗殊当不起这样的称誉，例如："黄花时候苦思乡，急水还家一日强。不道南风打头上，客船摇橹作重阳。"（《九日下水口》）亦之诗最爱用白话抒写，也要算是一种特色。

吕祖谦　祖谦字伯恭，寿州人。中博学弘词。官至直秘阁著作郎，国史院编修。与朱熹、张栻齐名，号东南三贤。学者称东莱先生。著有《古周易》《春秋左氏传说》《东莱左氏博议》《大事纪》《历代制度详说》《少仪外传》《吕氏家塾读书记》《东莱集》。其文词宏肆辨博，凌厉无前。诗则清婉可喜，例如："石梁俯清流，苔发明可数。茅檐春昼长，寂寂亭阴午。鸟啼花径深，风絮浩无主。幽人不可觌，棋声时出户。"（《野步》）

陈傅良　傅良字君举，号止斋，瑞安人。官至宝谟阁待制。学者称止斋先生。其著作甚富，有《止斋文集》。为文高雅坚峭，自成一家。其诗可以《题仙岩梅雨潭》为例："滚滚群山俱入海，堂堂背水若重闉。怒号悬瀑从天下，杰立苍崖夹道陈。晋宋至今堪屈指，东南如此岂无人？结庐作对吾何敢，聊向渔樵寄此身。"

王十朋　十朋字龟龄，号梅溪，乐清人。累官太子詹事，以龙图阁学士致仕。著有《梅溪集》《春秋尚书论语解》《会稽三赋》《东坡诗集注》。其诗浑厚质直，恳恻条畅，如其为人，例如："偕老相期未及期，回头人事已成非。逢春尚拟风光转，过眼忽惊花片飞。"（《悼亡》）

楼钥　钥字大防，奉化人。官至同知枢密院，参知政事。自号攻愧主人，有《攻愧集》。其诗工于声偶，王应麟《困学纪闻》与王士禛《居易录》均摘录其句之工者。例如《西山资国寺》："野溪清浅度危桥，径策枯筇上紫霄。晓雾暗蒸山寺雨，松风深隐海门潮。浮杯水涨人何在？洗钵池清意已消。又上乐亭台上看，云山万叠更逍遥。"

曾丰　丰字幼度，乐安人。官至知德庆府。室筑晚年，自号撙斋，有《撙斋集》（亦称《缘督集》）。其学根柢深邃，诗亦清丽可颂，例如："草径蜿蜒十里闲，云关若在画图看。万松密翠地无影，一水长清天自寒。"

杨简　简字敬仲，慈溪人。官至宝谟阁学士，一代之循吏也。学者称慈湖先生，著有《甲乙稿》《杨氏易传》《五诰解》《慈湖诗传》《冠记》《昏记》诸书。其诗可以《题仙山院默斋》为例："渐渐疏钟动，深深一径开。炎光隔林麓，清兴绕崔嵬。拟作临流赋，应须倩雨催。小窗宜挂起，且放竹风来。"

陆九渊　九渊字子静，金溪人。官至奉议郎，知荆门军。有《象山集》。其诗可以《疏山》（在金溪西南）为例："村静蛙声幽，林芳鸟语惊。山矾分皓葩，陇麦摇青颖。离怀付西江，归心薄东岭。忽忘饥歉忧，翻令发深省。"

王炎　炎字晦叔，婺源人。官至军器少监。其诗文博雅精深，具有根底，有《双溪集》。例如："出郭栽花涉小园，

归调琴谱辑诗编。少年豪健今揪敛，休羡骑鲸李谪仙。"(《题姜尧章旧游诗卷》)

刘爚　爚字晦伯，建阳人。官至工部尚书。学者称云庄先生。著有《奏议》《史稿》《经筵故事》《东宫诗解》《礼记解》《讲堂故事》《云庄外稿》。尝从学于朱熹，理学甚精，不以诗著名。例如："榆关玉塞静无尘，嘉定于今第四春。两国交驰遁好使，八方同作太平人。翠鼍鼓奏娱嘉客，白兽樽浮赏谏臣。圣寿从兹天共远，年年玉帛会枫宸。"(《金国贺正旦使人到阙紫宸殿宴》)[1] 按当时黄河流域，久已陷于金国，而诗中尚云"榆关玉塞静无尘"，可见南宋时代的颓靡一斑。

洪适　适字景伯，鄱阳人。官至同中书门下平章事，兼枢密使。有《盘洲集》。其文工于俪偶。诗如："秋梦不能晓，起行山径迷。小车惊宿鹭，列炬误鸣鸡。冷怯霜华重，光瞻斗柄低。金庭有佳处，芳桂想幽栖。"(《晓发泰安驿》)

洪迈　迈字景卢，适之弟也。官至敷文阁待制，以端明殿学士致仕。其学问甚博，究极群书，著有《史记法语》《南朝史精语》《经子法语》《洪斋随笔》《夷坚志》诸书。文集有《野处类稿》二卷。其诗甚少而精，例如："江湖久客日思家，坐觉微霜上鬓华。节序又催秋后雁，风光争发雨前花。倦游已梦庄生蝶，不饮何忧广客蛇。怪底朝来衣袖薄，一川白露下兼葭。"(《秋日漫兴》)

薛季宣　季宣字士龙，永嘉人。号艮斋，世称艮斋先生。官大理寺主簿。著有《书古文训》《诗性情说》《春秋经解指要》《大学说》《论语小学约说》《浪语集》诸书。传河南程氏之学，复与朱熹、吕祖谦等往来。朱氏喜谈心性，而季宣则兼重事功。诗不甚有名，例如："万古英台面，云泉响佩环。

---

① 据《西山文集》卷二十三《翰林词草》，此诗为真德秀作，《宋诗纪事》误为刘爚诗。——编者注

练衣归洞府，香雨落人间。蝶舞疑山魄，花开想玉颜。几如禅观适，游鲋戏澄湾。"（《游竹溪善权洞》）

蔡戡　戡字定夫，其先兴化军仙游人，移寓常州武进县。官至宝谟阁直学士。有《定斋集》。其诗可以《题盱眙》为例："自古东南第一山，于今无异玉门关。乱云衰草苍茫外，赤县神州指顾间。击楫何人酬壮志，凭栏终日惨愁颜。中原父老应遗恨，只见毡车岁往还。"

叶适　适字正则，永嘉人。官至宝文阁待制，兼江淮制置使。去职后，杜门著述，自成一家，学者称水心先生，有《水心文集》。其文章雄赡，才气奔逸，在南宋卓然为一大宗。诗如："牡丹乘春芳，风雨苦相妒。朝来小庭中，零落已无数。魂消梓泽园，肠断马嵬路。尽日向栏干，踌蹰不能去。"（《前日入寺观牡丹，不觉已谢，惜其秾艳，故以诗悼之》）

张镃　镃字功甫，号约斋，官奉议郎，直秘阁。善画竹石古木。著有《仕学规范》《南湖集》。席其祖父富贵之余，湖山歌舞，极意奢华。尝卜居南湖，名其轩曰桂隐园池，声伎服玩之丽，甲于天下。其诗造诣颇深，杨万里《诚斋诗话》称其写物之工，绝似晚唐。例如："九锁非凡境，烟云路不分。山寒长带雨，洞古不收云。夜宿听林鹤，晨炊摘野芹。黄冠皆好事，添炷石炉熏。"（《游九锁山》）

刘应时　应时字良佐，四明人。有《颐庵居士集》。其诗杨万里拟之王安石，未免太过。但在南宋中不失为一作家，例如："迎春寒色愈严凝，小阁炉残冷欲冰。寂寞黄昏愁吊影，雪窗怕上短檠灯。"（《雪夜》）

曾极　极字景建，临川人。著有《金陵百咏》。其诗如"高屋建瓴无计取，二梁刚把当殽函"（《天门山》），"江右于今成乐土，新亭垂泪亦无人"（《新亭》）之句，皆缅怀中原，寓意深远。又如："裙腰芳草抱长堤，南浦年年怨别离。水送横波山敛翠，一如桃叶渡江时。"（《桃叶渡》）又如："寒泉玉甃没春芜，石染胭脂润不枯。杏怨桃羞娇欲堕，犹将红泪洒黄奴。"（《胭脂井》）类皆词旨悲壮，有磊落不羁之气。

魏了翁　了翁字华父，蒲江人。官至端明殿学士，同金书枢密院事，督视京湖军马。尝筑室白鹤山下，学者称鹤山先生。著有《鹤山集》《九经要义》《古今考》《经外杂钞》《师友雅言》等书。其诗可以《题米南宫雪山图》为一例："漠漠云林小小山，谁家茅屋隐松间。石桥已过天台远，采药仙人去未还。"

陈造　造字唐卿，高邮人。官至淮南西路安抚司参议。后自以无补于世，置身江湖，自号江湖长翁，有《江湖长翁文集》。其诗可以《泛湖》为一例："酒边凉意雨余生，望夜重期看月明。安得水仙会解事，巧随人意作阴晴。"

卢祖皋　祖皋字申之，又字次夔，号蒲江，永嘉人。庆元进士，嘉定中以军器少监直北门。有《蒲江词》。诗如："两山风雨故留寒，九陌香泥苦未干。开到海棠春烂漫，担头时得数枝看。"（《玉堂有感》）

真德秀　德秀字景元，后更字景希，浦城人。官至参知政事。学者称西山先生。著有《大学衍义》《唐书考疑》《读书记》《文章正宗》《西山甲乙稿》《西山文集》《四书集编》等书。其诗可以《皇后阁端午帖子》为一例："瑶池十丈藕花香，清赏尤便水殿凉。闻说内家多乐事，前星亲自捧霞觞。"

孙应时　应时字季和，自号烛湖居士，余姚人。官至常熟县令。有《烛湖集》。诗如："簿书流汗走君房，那得狂奴故意降。努力诸公了台阁，不烦鱼雁到桐江。"（《读通鉴》）

张栻　栻字敬夫，广汉人。历官左司员外郎，除秘阁修撰，终于荆湖北路安抚使。有《南轩集》。诗如："城头望西

山，秋意已如许。云影渡江来，霏霏半空雨。"(《题城南》)
又如："团团凌风桂，宛在水之东。月色穿林影，却下碧波
中。"(《东渚》)张栻的诗名虽不甚著，他的小诗却实在写得
不坏，不嫌再举一例："系舟西岸边，幅巾自来去。岛屿花木
深，蝉鸣不知处。"(《西屿》)

裘万顷　万顷字元量，新建人。官至大理寺司直。有
《竹斋诗集》。其诗风骨未高，而清婉有余，例如："新筑书堂
壁未干，马蹄催我上长安。儿时只道为官好，老去方知行路
难。千里关山千里念，一番风雨一番寒。何如静坐茅斋下，
翠竹苍梧仔细看。"(《归思》)万顷的诗，笔调很通俗，这也
是一种特色。

赵蕃　蕃字昌父，号章泉，其先郑州人，南渡后寓信州
之玉山。以荫入仕，官至承议郎，直秘阁。有《乾道稿》。其
诗有陶、阮意，一无俗态，例如："朝来一雨快阴晴，东郊
百鸟闲关鸣。受风柳条不自惜，蘸水桃花可怜生。不见山阴
兰亭集，况乃长安丽人行。东西南北俱为客，且送江头返照
明。"(《上巳》)

刘过　过字改之，庐陵人。以诗游谒江湖，漂流终生。
有《龙洲集》。其诗文多粗豪抗厉，才气横溢。例如："桑柘
村村烟树浓，新秧刺水麦梳风。舟行苕雪双溪上，人在苏杭
两郡中。鼓角丽声喧旦暮，旌旗小队间青红。主人夙有神仙
骨，合住水晶天上宫。"(《寄湖州赵侍郎》)

陈亮　亮字同甫，永康人。光宗策为进士第一，授金书
建康府判官。著有《三国纪年》《欧阳文粹》《龙川文集》《龙
川词》。其诗文豪迈纵横，不可控勒。例如："疏枝横玉瘦，
小萼点珠光。一朵忽先变，百花皆后香。欲传春信息，不怕
雪埋藏。玉笛休三弄，东君正主张。"(《梅花》)

葛天民　天民字无怀，山阴人。有《小集》。诗如："晴

岚漠漠水溶溶，落叶遮船翠盖重。秋色尽为渔者占，山光多向道人浓。云连合抱前村树，涧绕飞来小朵峰。送罢夕阳迎素月，楼台高下自鸣钟。"（《西湖泛舟入灵隐山》）

周文璞　文璞字晋仙，号方泉，又号野斋，又号山楗，阳谷人。江湖诗人之一，有《方泉集》。其诗张端义《贵耳集》拟之于李白、李贺，《四库提要》讥其比拟不伦，甚是。例如："幽花坠在石根傍，几欲携将近革堂。草草一尊聊尔尔，跨驴归去月荒凉。"（《访梅》）

潘柽　柽字德久，永嘉人。举进士不第，官阁门舍人，福建兵钤。有《转庵集》。其诗可以《岁暮怀旧》为一例："白发将生颜，一去几时返。怀哉不能寐，展转复展转。雀噪晓窗白，鸡鸣芳岁晚。梅花眼中春，故情千里远。"

华岳　岳字子西，贵池人。登嘉定武科第一，为殿前司官。有《翠微南征集》。其诗语抗直，自有风格，例如："十年客里过春光，客里逢春分外狂。半堵碧云蜗路湿，一帘红雨燕泥香。衔山西日辞香阁，拍岸春风趁夜航。莫向钱塘苏小说，东吴新髻李红娘。"（《别馆即事》）

高翥　翥字九万，号菊涧，孝宗时游士，有《信天巢遗稿》。其诗五七言均可颂，例如："庆娘擘翠眉，春瘦怯罗衣。笑问采花蝶，如何成对飞。"（《题二小姬扇》）又如："斗草归来上玉阶，香泥微污合欢鞋。全筹赢得无人赏，依旧春愁自满怀。"（《春词》）

游九言　九言字诚之，建阳人。官至荆鄂宣武参谋官，特赠直龙图阁。有《默斋遗稿》。其诗有晚唐风，例如："檐头燕子说春寒，蝴蝶悠悠午梦残。睡起高楼多少恨，天涯小雨怯阑干。"（《美人倚楼图》）

柯梦得　梦得字东海，莆阳人。屡上春官不第，后以特科入仕。有《抱瓮集》。诗如："朝采陌上桑，暮采陌上桑，

一桑十日采，不见薄情郎。正是吴头桑叶绿，行人莫唱《江南曲》。"(《陌上桑》)

洪咨夔　咨夔字舜俞，於潜人。官至刑部尚书。著有《春秋说》《平斋文集》《平斋词》诸书。平生多作经讲制诰之文，诗篇甚少，例如："禁门深锁寂无哗，浓墨淋漓两相麻。唱彻五更天未晓，一池月浸紫薇花。"(《直玉堂作》)

吴泳　泳字叔永，潼川人。官至权刑部尚书，终宝章阁学士。著有《鹤林集》。其诗可以《题住山龚冲妙艮泓轩》为一例："旧与清泉白石盟，身闲方作洞霄行。青山延客元无锁，碧涧流花似有情。古洞欲随仙隐去，高冈终待凤来鸣。道人唤我松间饮，坐拂寒云月未生。"

程公许　公许字季与，一字希颖，叙州宣化人。官至权刑部尚书，宝章阁学士，知隆兴府。有《沧洲尘缶编》。其为文才气磅礴，风起源涌，下笔不能自休，皆直抒胸臆，不以锻炼为工。诗如："春工殚巧万花丛，晚见昭仪擅汉宫。可惜芳时天不借，三更雨歇五更风。"(《牡丹》)

袁甫　甫字广微，鄞县人。历官吏部侍郎兼国子祭酒，权兵部尚书。有《蒙斋集》。其诗文虽无深造，而皆明白畅晓。如《题陈和仲尊明亭》(四言诗)可为其诗之一例。

陈耆卿　耆卿字寿老，临海人。官至国子监司业。著有《论孟纪蒙》《赤城志》《筼窗集》(筼窗其号也)。叶适称其诗云："陈君之作，驰骤群言，特立新意，险不流怪，巧不入浮。"例如《艰食行》"今年种麦如去年，去年满屋今空田"，及"催租官吏如束湿，里正打门急复急"之句，描写是很深刻的。

李刘　刘字公甫，崇仁人。官至宝章阁待制。有《四六标准》。其为文仅工俪语。诗之佳者如："壮志已违黄鹄下，老身合占白鸥前。夜来耿耿江湖梦，秋水长天一钓船。"

（《记梦》）

吴潜 潜字毅夫，宣州宁国人。嘉定十年进士第一，官至参知政事右丞相兼枢密使，进左丞相，封许国公。有《履斋遗集》，凡诗一卷。其作诗颇平衍，例如："春阴漠漠护轻寒，春昼无聊午梦闲。幽鸟不知人意改，衔花飞傍小阑干。"（《即事》）又如："桃花几片隔墙飞，独自危楼徙倚时。月送断鸿云外没，东风吹泪落天涯。"（《占春亭即事》）

王迈 迈字实之，兴化军仙游人。官至漳洲通判。有《臞轩集》。凡诗四百四十三首。其诗多俊伟，类其为人，例如："亭前一望海东流，更有雄楼在上头。燕子飞来春漠漠，鸱夷仙去水悠悠。神交故国三千里，目断中原四百州。日暮片云栖古树，昔人留与后人愁。"（《飞翼楼》）

郑清之 清之初名燮，字文叔，后改今名，字德源，号安晚。宝庆初以定策功，累官太傅、左丞相。有《安晚堂诗集》七卷。其诗大都直抒性情，近白居易，但爱用禅语，亦其一病。例如："斋宿虚闲只净明，俗氛暂洗觉身轻。半山云脚炊烟湿，一枕松声涧水鸣。对语老禅真法器，译经新谛出僧繇。归翻贝叶莲花颂，犹带招提月影清。"（《净明院》）

姚镛 镛字希声，号雪篷，又号敬庵，剡人。嘉定十年进士，以平寇功擢守赣州。有《雪篷集》。诗如："两岸山如簇，中流锁翠微。风帆逆水上，江鹤背人飞。野庙清桐树，人家白板扉。严溪合下过，不敢浣尘衣。"（《桐庐》）

徐鹿卿 鹿卿字德夫，号泉谷，丰城人。官至礼部侍郎，以华文阁待制致仕。有《清正存稿》。其诗可以《郁孤洞天》为例："梦跨长虹海上游，寒生肌骨一壶秋。好风吹得诗魂醒，自寄人间群玉楼。"

戴栩 栩字文子（或云立子），永嘉人。官至太学博士，迁秘书郎。有《浣川集》。其诗格颇近永嘉四灵，然词句甚雕琢，例如："子晋昔游处，平台片石成。寺名犹记鹤，松响却疑笙。岩壁飞双瀑，金沙照一泓。野人岂仙伴，随鹿过溪行。"（《白鹤寺》）

汪莘　莘字叔耕，休宁人。筑室柳溪之上，圃以方渠，自号方壶居士。与朱熹相善，有《方壶存稿》，亦名《柳塘集》。其诗格颇似卢仝，怪而不俗，例如："野店溪桥柳色新，千愁万恨为何人？殷勤织就黄金缕，带雨笼烟过一春。"（《次潘别驾韵》）又如："十里湖山苦见招，柳堤荷荡赤栏桥。待他朝市人归后，独泛扁舟吹玉箫。"（《夏日西湖闲居》）

詹初　初字以元，休宁人。始为县尉，以荐入太学为学录。因其所居曰流塘里，故其诗文名《流塘集》。后因其读书之处，改名曰《寒松阁集》。诗不甚佳，如《出心原》一类的作品，实在是宋诗里面下乘的诗。

黄干　干字直卿，号勉斋，闽县人。少受业于朱熹，熹妻以女。历知汉阳军，安庆府，以主管亳州明道宫致仕。有《勉斋集》。其为文不事雕饰，气体醇实。诗如："古寺残僧少，孤村碧树围。明朝山下路，愁绝望烟归。"（《过翠微》）

朱淑真　淑真钱塘人，或云朱熹侄女。这是两宋唯一的女诗人。其生平际遇至惨，嫁与市侩为妻，终日抑郁寡欢。著有《断肠集》。诗甚清婉，例如："一塍芳草碧芊芊，活水穿花暗护田。蚕事正忙农事急，不知春色为谁妍？"（《马塍》）又如："夜久无眠秋气清，烛花频剪欲三更。铺床凉满梧桐月，月在梧桐缺处明。"（《秋夜》）

姜特立　特立字邦杰，丽水人。累官浙东马步军副总管，庆远军节度使。有《梅山续稿》。其诗意境超旷，不事雕琢，例如："遥知三径长荒苔，解组东归亦快哉。津岸纷纷群吏去，船头滚滚好山来。平时佳客应相过，胜日清樽想屡开。若许诗篇数还往，直须共挽古风回。"（《和陆放翁见寄》）

章甫　甫字冠之，鄱阳人，徙居真州，自号易足居士。（按宋代有二章甫，其一字端叔，浦城人。著《孟子解义》）。其人豪放飘荡，不受拘羁，诗亦如其为人，例如："谁家短笛吹杨柳？何处扁舟唱采菱？湖水欲平风作恶，秋云大薄雨无凭。近日白鹭鹭方去，隔岸青山唤不膺。好景满前难着语，夜归茅屋望疏灯。"（《湖上吟》）章甫诗骨力苍秀，迹近江湖，有《自鸣集》。

陈淳　淳字安卿，号北溪，龙溪人。有《北溪大全集》。朱熹最忠实之弟子。文章多质朴，作诗皆如语录。例如："三石参天作柱擎，自从开辟便峥嵘。何为末俗好奇怪，尽道江郎化魄成。"（《题江郎庙》）

吴则礼　则礼字子副，富川人。官至直秘阁，知虢州。晚居豫章，自号北湖居士。其生平不甚详悉，《四库提要》题为北宋人，然其诗的背景，如"长淮南北已休兵"，确系南宋人语。著有《北湖集》。诗如："建业流风端可怜，石城江色晓鲜鲜。鸟窥汉节梅花底，雨湿柁楼春水边。双发雠书有东观，锦囊觅句属南天。枯肠不饱大官肉，我种芋魁今十年。"（《简田升之，时升之赴金陵》）

严羽　羽字仪卿，一字丹丘，邵武人。自号沧浪逋客。与严仁、严参齐名，世号三严。著有《沧浪诗话》，为宋人诗话中论诗之最精辟者。尝谓："诗有别才，不关学也。"其所自为诗，独主性灵，如"一径入松雪，数峰生暮寒""空林落木长疑雨，别浦风多欲上潮"之句，诗格不凡。有《沧浪集》。例如："昨夜中秋月，含愁顾影频。空留可怜影，不见可怜人。"（《闺怨》）又如："船在下江口，逆风不得上。结束作男儿，与郎牵百丈。朝亦出门啼，暮亦出门啼，蛛网挂风里，摇思无定时。"（《懊侬歌》）

苏泂　泂字召叟，山阴人。偃蹇不遇以老。有《泠然斋集》。其诗能自出清新，江湖派中之卓然者。例如："腊节梅花外，椒盘泪眼边。山川非故国，笳声咽新年。机事鸥偏觉，家书雁不传。细笺今夕恨，万一古人怜。"(《除夕呈主人》)

岳珂　珂字肃之，汤阴人，居彰德。宁宗朝权发遣嘉兴军府，兼管内劝农事。著有《九经三传沿革例》《宝真斋书法赞》《愧郯录》《桯史》《玉楮集》《棠湖诗稿》诸书。其诗不甚涵蓄，而轩爽英多，锋芒特露，在南宋自立一格。例如："秋水芙蓉试早妆，半轩微雨洒鸳鸯。细腰正欠酬金饼，奋翼何堪卸玉梁。发鬓钗横人在牖，绳低斗转月侵床。无情花影云来去，都作一天风露凉。"(《无题》)

朱继芳　继芳字季实，建安人。绍定五年进士，有《静佳乙稿》。诗如："雁影江潭底，秋声浦溆间。吴儿歌一曲，月子几回湾。"(《吴歌》)

徐元杰　元杰字仁伯，信州上饶人。绍定五年进士第一，累官国子祭酒，权中书舍人，拜工部侍郎。有《梅野集》。诗如："花开红树乱莺啼，草长平湖白鹭飞。风物晴和人意好，夕阳箫鼓几船归。"(《湖上》)

林希逸　希逸字肃翁，号竹溪，又号鬳斋，福清人。官至考功员外郎。善书能画，工诗。有《鬳斋集》。诗如："先生隐几奴煨火，斜插疏枝破瓦樽。鹤梦未回更几转，吟成应是月黄昏。"(《题马和之觅句图》)

周弼　弼字伯弜，汶阳人。少时即好吟咏，四十年间宦游吴、楚、江汉，名振江湖。其诗格倾向晚唐，例如："索居牢落动关心，但觉匆匆岁月侵。无梦不因怜画静，有怀多是惜春深。草香稚蝶销胡粉，花落蛮莺变楚金。最是不禁芳树色，能涵几日又成阴。"(《山居春晚》)著有《汶阳端平诗隽》。

贾似道　似道字师宪，天台人。官至右丞相，以太师平章军国事，封魏国公。权倾中外。其为人虽无足观，诗则清丽可诵。例如："半是楼台换却春，几回独立更消魂。断堤野水梅花宅，千古春风月一痕。"（《题孤山》）又如："数家烟火深村里，几处牛羊落照中。客久不归心事远，梧桐叶叶是秋风。"（《凤山》）

戴昺　昺字景明，号东野，天台人。官至赣州法曹参军。有《东野农歌集》。其诗有"不学晚唐体，曾闻大雅音"之句。例如："凄切抱叶蝉，闲关栖树禽。入山本避喧，复爱聆此音。微飔动夕爽，薄云散秋阴。众籁阒以静，片月生东林。"（《秋日过屏山庵》）

王应麟　应麟字伯厚，庆元人。官至礼部尚书。著作甚宏，有《四明文献集》。其诗如《唐开成年墓志石泽民庙》一类的作品，不甚可诵。

马廷鸾　廷鸾字翔仲，乐平人。官至右丞相兼枢密使。有《碧梧玩芳集》。其诗卷轴之气颇重，例如："汗竹丹铅侧，空花粉黛中。尚怀丞相亮，肯署大夫雄。有客来今雨，夸予迈古风。幽情倾不竭，渺渺碧云东。"（《赠程楚翁》）

刘黻　黻字声伯，号质翁，乐清人。累官至吏部尚书。有《蒙川遗稿》。其诗古淡，自备一格。例如："柳残荷老客凄凉，独对西风立上方。万井人烟环魏阙，千年王气到钱塘。湖澄古塔明寒屿，江远归舟动夕阳。北望中原在何所，半生盈得鬓毛霜。"（《题江湖伟观》）

陈允平　允平字衡仲，一字君衡，四明人。号西麓，有《西麓诗稿》。诗如："寒空漠漠起愁云，玉笛吹残正断魂。寂寞小楼帘半卷，雁烟蛮雨又黄昏。"（《小楼》）又如："闲拈花片贴纱窗，绣幕斜飞燕子双。细数归期相次近，倚楼日日望春江。"（《闺情》）

乐雷发　雷发字声远，宁远人。累举不第，终居于雪矶，自号雪矶先生。有《雪矶丛稿》。其诗隶属江湖派，例如："儿童篱落带斜阳，豆荚姜牙社内香。一路稻花谁是主，红蜻蜓伴绿螳螂。"（《秋日村路》）

姚勉　勉字述之，一字成一，高安人。官至校书郎兼太子舍人。有《雪坡文集》。学诗于乐雷发。例如："湖面轻烟起，前山渐不分。钟声连寺答，人语隔船闻。吟客衣生月，归僧笠带云。及城门未掩，灯火已纷纷。"（《放生池纳凉晚归》）

陈著　著字子微，号本堂，鄞县人。官至著作郎，出知嘉兴府。有《本堂集》。其诗近击壤派，例如："转路便幽深，曾来不用寻。寺依仙石脚，僧识老岩心。是处鬼无墓，此山松自林。滔滔未涯事，分付一蝉吟。"（《题胜国院》）

施枢　枢字知言，号芸隐，丹徒人。著有《芸隐横舟稿》与《芸隐倦游稿》。其诗隶江湖派。例如："客路悠悠强自安，亦因吟事可相宽。小窗过了廉纤雨，细与东风说晚寒。"（《晚思》）又如："楼台叠翠绕清溪，浅淡云边月一眉。行到市声相接处，傍桥灯火未多时。"（《见月》）都不失为清妙的小诗。

薛嵎　嵎字仲止，一字宾日，永嘉人。宝祐四年进士，官至长溪簿。有《云泉诗》。其诗隶永嘉四灵派，例如："阙下春光近，囊金又一空。霜风吹败絮，星斗隔疏篷。世道谁能挽，妻孥见未同。青灯对黄册，销尽几英雄！"（《省试舟中》）赵东阁评其诗云："云泉诗本用唐体，物与理称，自成一家。"

宋伯仁　伯仁字器之，湖州人。嘉庆中为盐运司属官。有《西塍集》。其诗隶江湖派，思清而才弱，例如："青梅黄尽雨无多，柳影重重午日过。忽听隔帘人语笑，采莲船子上新河。"（《戏作》）

林同　同字子真，号空斋，福清人。元兵至福州，抗节死。有《孝诗》一卷。其诗词旨陈腐，可观者甚少，例如："谨勿悲生女，均之有至情。萦能赎父罪，兰亦替爷征。"
(《木兰》)

王柏　柏字会之，自号长啸，后更鲁斋，金华人。善画工诗，著作甚宏，有《鲁斋集》。其诗可以《八咏楼》为一例："楼压重城万井低，星从天阙下分辉。伤心风月诗应瘦，满眼桑麻春又肥。山到东南皆屹立，水流西北竟何归？倚阑莫问齐梁事，断石凄凉卧落晖。"

叶绍翁　绍翁字嗣宗，建安人（按《处州府志》称绍翁为龙泉人）。有《靖逸小集》《四朝见闻录》。诗如："爱山不买城中地，畏客长撑屋后船。荷叶无多秋事晚，又随鸥鹭过残年。"(《西湖秋晚》)

吴惟信　惟信字仲季，霅川人，寓吴中。有《菊潭诗集》。诗如："翠帐香清卷碧纱，风梢残雨湿檐牙。蜻蜓亦被凉勾引，清晓低飞入水花。"(《晓吟》)又如："闲与芦花立水边，归心客思两茫然。夕阳收尽天风急，一树寒鸦落野田。"
(《野望》)

俞德邻　德邻字宗大，永嘉人。自号大迂山人。宋亡不仕，遁迹以终。有《佩韦斋文集》。《四库提要》称其诗："恬淡夷犹，自然深远，在宋末诸人之中，特为高雅。"例如："僧舍倚松北，浮图界竹西。江通严濑远，云压越山低。槐里三原隔，襄城七圣迷。临风悲往事，月落冻乌啼。"
(《登六和塔》)

王镃　镃字介翁，括苍人。尝官县尉。宋亡之后，归隐湖山，扁所居为月洞。有《月洞吟》一卷。诗如："水路随山转，溪晴踏软沙。斜阳晒鱼网，疏林露人家。行蟹上枯岸，饥禽衔落花。老翁分石坐，闲话到桑麻。"(《溪村》)

黄庚　庚上海人。太学生。工画能文，宋亡不仕。有《樵吟集》。诗如："园林芳事已阑珊，梅未生仁笋未竿。堤上柳线风脱尽，绿阴应在雨中寒。"(《伤春》)又如："红藕花多

映碧阑，秋风才起易雕残。池塘一段荣枯事，都被沙鸥冷眼看。"（《池荷》）

邓牧　牧字牧心，钱塘人。宋亡不仕，自号九锁山人。与谢翱、周密等友善。有《伯牙琴》一卷。诗如咏《栖真洞》："何年采真游，遗此栖遁迹。流泉金石奏，伏鼠霜雪色。浮世几兴亡，残基耽苔石。"（《九锁山十咏》之一）

陈深　深字子微，平江人。宋亡，弃举子业，闭门著书。所居曰宁极斋，号清全。有《宁极斋稿》。诗如："驱车登远道，白日忽西流。宇宙惊新梦，山河感旧游。云迷江令宅，月澹庾公楼。已已知何奈，长歌去国愁。"（《南游》）

于石　石字介翁，兰溪人。宋亡不仕，自号紫岩。晚徙城中，更号两溪。其诗感时伤事，多哀厉之音，有《紫岩诗选》。例如："绝壁两屡云，荒村半桥霜。孤往欲何之，林下幽径长。寒梅在何许，临风几徜徉。谁家断篱外，一枝寄林塘。水静不摇影，竹深难护香。无言犹倚树，山空月荒凉。"（《探梅分韵得香字》）

方夔　夔一名一夔，字时佐，淳安人。屡举不第。亡国后，遁迹富山之麓，匾其堂曰绿猗，自号知非子。有《富山遗稿》。其诗纡徐浑厚，弗事雕琢，可见其冲雅之操。例如："青溪溪上路，书剑此栖迟。凉月穿衣褐，寒波照鬓丝。古洞传贺若，横玉犯龟兹。不为伤秋老，孤吟自可悲。"（《秋晚杂兴》）

周密　密字公瑾，自号草窗，又号弁阳啸翁，又号萧斋。先世济南人，流寓吴兴。宋亡不仕，自号泗水潜夫。有《蜡屐集》《蘋洲渔笛谱》《癸辛杂识》《齐东野语》《武林旧事》《绝妙好词》诸名著作。其诗多凄怆悲凉之感，例如："清芬堂下千株桂，犹是韩家旧赐园。白发老翁和泪说：百年中见两中原。"（《南园》）

跋

摆在历史上七百年了的宋诗，除了诗话家照例加以一些支离破碎的所谓批评，和文学史家照例在他们的大著里面搁这么一章人云亦云的宋诗外，关于宋诗的系统的整个的研究著作，据我所知，似乎还没有。去年夏天，我的《唐诗研究》脱稿以后，承商务书馆王云五先生又以《宋诗研究》一书相嘱，于是这异常困难的工作又搁在我微弱的双肩上了。秋后，旅居无锡，即着手撰稿，已草成半部。后以家庭不幸，发生巨变，父亲罹难，个人万里奔驰，风尘劳碌，不仅无心于旧书堆里面讨生活，即已成之稿亦全部散佚。直至最近流寓沪中，始复重行撰述，整理成书，因为跋其经过于卷末。

胡云翼识于白蘋离沪之日